彩雲国物語

心は藍よりも深く

雪乃紗衣

13960

角川ビーンズ文庫

目次

彩雲国物語
心は藍よりも深く

ものがたり

◆彩八州から成る彩雲国の若き国主・劉輝は、即位直後から仕事を放棄する昏君(ばかとの)。そんな王様の教育係になった秀麗は、貴妃として後宮に入り、王様改造計画を実行する。

◆心を入れ替えた劉輝のもと、女性の受験を認めた官吏登用試験が始まり、好成績で合格した秀麗は、国内初の女性官吏に。

◆同期の杜影月とともに、名門・茶一族が幅をきかせる「荒れる茶州」に赴任した秀麗だが……。

彩雲国組織図

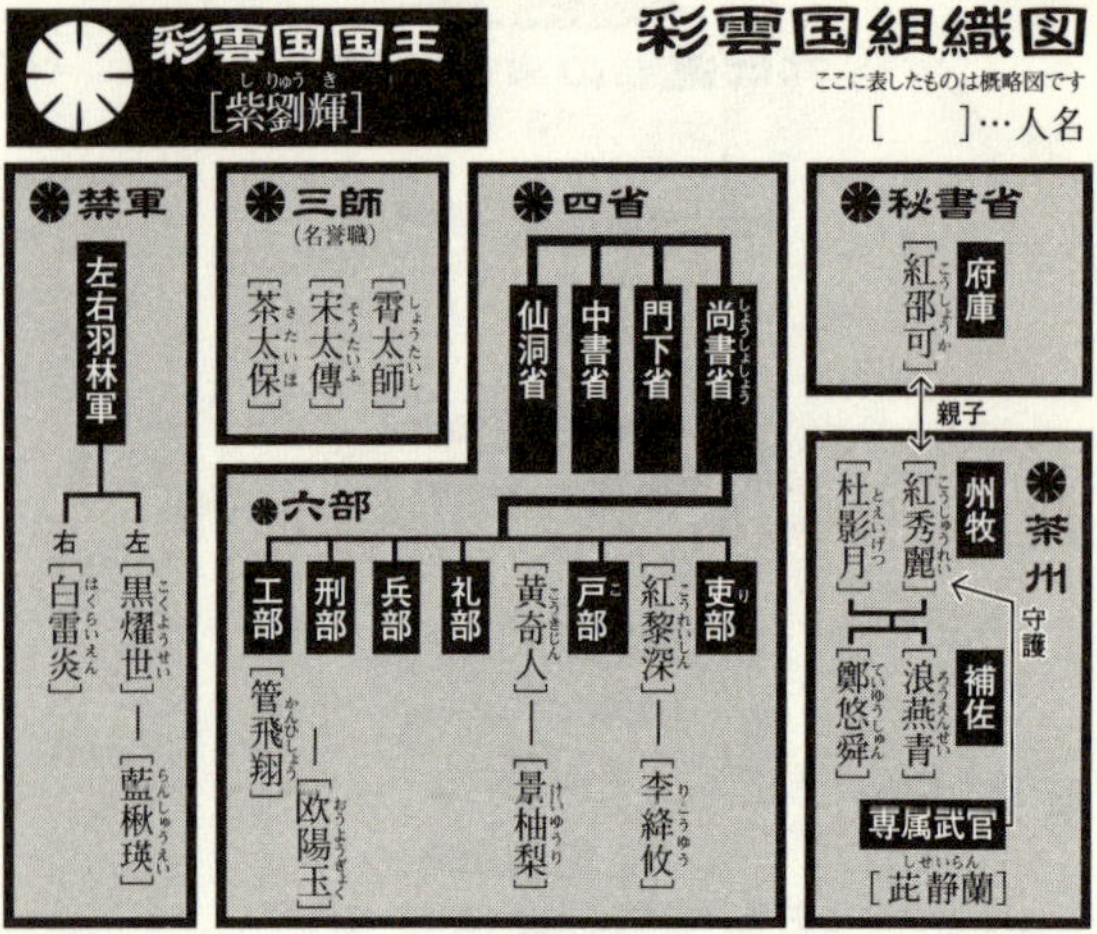

茶朔洵(ささくじゅん)……… 茶家の次男。したたかな策略家だったが…。

茶克洵(さこくじゅん)……… 茶家の三男で現当主。誠実な性格。

香　鈴(こうりん)……… 茶太保の妻、英姫に仕えていた少女。

柴　凜(さいりん)　姉 ┐
柴　彰(さいしょう)　弟 ┘…… 官吏の一族出身の姉弟。やり手の商人。

紅秀麗《こう しゅうれい》

名門・紅家のお嬢様。
貧乏暮らしのおかげで庶民派のしっかり者に育った。

紫劉輝《しりゅうき》

彩雲国国王。秀麗が好き。
昏君（ばかとの）のふりをしていたが、現在は賢君に。

茈静蘭《し せいらん》

紅家に仕える家人。
秀麗のお守り役でもある。
過去を捨てて生きる青年。

浪燕青《ろう えんせい》

元・茶州州牧。
左目の下に傷をもつ豪傑。
静蘭とは旧知のようだが…。

藍楸瑛《らん しゅうえい》

羽林軍将軍。
名門・藍家の出身。絳攸とはくされ縁

杜影月《と えいげつ》

秀麗と同期の少年。
史上最年少の状元及第者で、秀麗とともに茶州へ赴く。

李絳攸《り こうゆう》

紅黎深の部下にして養い子。
秀才だが、天才的な方向音痴。

藍龍蓮《らん りゅうれん》

楸瑛の弟。天才ゆえの独特の感性を持つ。

イラスト／由羅カイリ

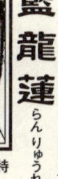

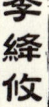

本文イラスト／由羅　カイリ

いつもより、早い冬が訪《おとず》れたその年――。

真白な雪が、鵞毛《がもう》のようにはらはらと舞《ま》っていた。

簡素な墓標が林立するなかで、子供は一人きり黙々《もくもく》と最後の墓標をつき終えた。

真新しい木肌《きはだ》がのぞく墓標の数は、二十と少し。

すべての音をのみこむ白き死の静寂《せいじゃく》のなかで。

彼は膝《ひざ》をつき、ゆっくりと仰向《あおむ》くと、その眸《ひとみ》に白い天を映した。

一切《いっさい》の穢《けが》れを許さぬ冷ややかな白銀の洗礼を、彼は黙《だま》ってその身に受けた。

――そうと知りながら、彼は罪を犯《おか》した。

ただ、己《おのれ》のためだけに犯した罪。

冷酷《れいこく》なる白の女王が支配する、しんしんと深く降りつもるあの光景を、影月《えいげつ》は忘れない。

そして誰《だれ》一人知ることなく、ひそやかに息絶えた、小さな小さな山深きその村を。


――秋があっけなく過ぎゆきたせいで、確かに例年より山菜や山果実の収穫《しゅうかく》はずいぶんと少なかった。普段《ふだん》は高い標高に住むユキギツネまで、餌《えさ》を求めて里に下りてきたくらいだった。老人ばかりの西華村《せいか》だったけれど、体に気をつけて、お互《たが》いに助け合えば充分《じゅうぶん》冬を越《こ》せるはずだった。食卓《しょくたく》のささやかな贅沢《ぜいたく》は、雪解けまでの数ヶ月、ちょっぴり我慢《がまん》をすればいい。

いつもと違《ちが》うのはそれだけだと思っていた。

また、同じように優《やさ》しい春が巡《めぐ》ってくると、何の疑いもなく彼は信じていた。

──けれど。

「頑張《がんば》って！　頑張ってください──！」

目の前に横たわる老人が、突然《とつぜん》びくびくと痙攣《けいれん》しだした。その腹は太鼓《たいこ》のようにふくれ、くるぶしにはひどい浮腫《むくみ》ができている。肌は全体的に黄味を帯び、白目の部分までが黄色く濁《にご》っている。掌《てのひら》には赤い斑《はん》ができ、手の指は鉤《かぎ》のように屈曲《くっきょく》したまま、凍《こお》ったように動かない。頬《ほお》もぱんぱんに腫《は》れ、激しい息切れとともに何度も嘔吐《おうと》する。けれど吐《は》きすぎて、もう黄色い胃液しかでなかった。

十になるかならないかほどの子供は薬をすっていた手を止め、少しでも楽になれるよう、体を横向きにさせて背中を撫《な》でようとした。

突然、その手を摑《つか》まれた。いや、鉤のように曲がった手を、腕《うで》に引っかけられたのだ。

老人の意識は、もうないはずだった。

けれど、その目は、しっかりと子供を見つめていた。

「……すまねぇなぁ影月……こうして看取《みと》ってく、お前が…いちばんつれぇのになぁ……」

死を覚悟《かくご》してなお、優しい優しい声だった。

子供の目から、涙《なみだ》があふれてしたたった。

――逝《い》って、しまう。彼も、また。

「……逝か、逝かないで……！」

鉤のように曲がった手を握《にぎ》りしめ、子供は祈《いの》るように自らの小さな額に押しつけた。

すがりつくような魂切《たまぎ》る絶叫《ぜっきょう》に、老人は願いを叶《かな》えてやれないことを心の中で詫《わ》びた。

やっと笑うようになった幼い彼に、こんな風に残酷《ざんこく》な思いを味わわせてしまうことを詫びた。

二十数名いた村人のうち、残るは自分と村長《むらおさ》のみ。昔取った杵柄《きねづか》で、村一番体力のあった自分でさえ灯火《ともしび》が尽《つ》きようとしている。……最後に発病した村長《むらおさ》ももう、長くないだろう。

堂主《どうしゅ》がいまだ発病してはいないことだけが、唯一《ゆいいつ》の救いだった。

彼さえも倒《たお》れたなら、ズタズタに傷ついた影月の心に、もう二度と光は射《さ》さない。

「……なあ、おめぇ、偉《えら》いお役人になんだろ。いつまでも泣いてねぇで、ちゃんと勉強しろや。な？……おめぇとご堂主がこの病に罹《かか》んなかったことだけは、天に感謝すらぁ」

原因不明の奇病《きびょう》で最初の村人が倒れてから、わずかふた月。堂主と影月が不眠《ふみん》不休で駆《か》けずりまわり、どれほど力を尽くしてくれたか、村の誰《だれ》もが知っている。一人、また一人と倒れるなかで、誰もが道寺《てら》の堂主と幼い子供の無事を祈って死んでいった。

余所者《よそもの》で、病に罹らない二人を、誰一人責めることはなかった。

病に罹らなくて良かったと、誰もが最後に笑って死んでいった。

そして、老人《かれ》もまた、優しい優しい道寺の堂主と、彼が連れてきた幼い子供の無事を祈る。

「おめぇとご堂主にゃあきっと、仙人《せんにん》様のご加護があんだよ。生き残ってやることがあんだろうて。心配すんな。先に逝って、わしらが冥府《めいふ》のお役人をしっかり見張っててやらぁ……」

その言葉を最後に、彼の命の糸が、死の鎌《かま》によってぷつりと断《た》ち切られる。

「――っっ！」

死にゆく間際《まぎわ》まで、こうして彼を心配してくれる声を、どれほど聞いたことだろう。

影月は、血の繋《つな》がった親兄弟に殺されかけた日のことを、今でも覚えている。

感情の消えていく親兄弟の顔を。自分を殺そうとした父の顔を。

あれからどれほど優しくされても、心の奥のそのまた奥で、本当はずっと、人が怖《こわ》かった。

けれど。

――愛してる。

影月は初めて、その言葉の意味を知った。

愛してる。愛してる。愛してる。

親兄弟にさえ疎《うと》まれた自分を丸ごと受け入れてくれた西華村の、誰もを。

愛して、そして喪《うしな》ったのだった。


「堂主様！」

泣きながら村長《むらおさ》の家に飛びこむ。

そこには、最後まで看病しようとした堂主様の手を振《ふ》り払《はら》う、老婆《ろうば》の姿があった。

「源《げん》も、逝ったかい……」

飛びこんできた子供に、老婆は小さく苦笑いした。

「あたしより先に逝くなんざ情けないねぇ。さぁて、あたしもそろそろだ。さっき若堂主にも言ったが、影月や……あそこに壺《つぼ》があるね」

老人と同じように鉤爪《かぎづめ》のごとく屈曲した手を必死で伸《の》ばす。

「……村のみんなから集めたお金だよ。ちまちまみんなで貯《た》めてたんだが、まさかこんな早くにそろってくたばるとは思っちゃおらなんだからねぇ。あんたが国試を受ける歳《とし》までに、しっかり大金になって驚《おどろ》かせるはずだったんだが、だいぶん予定が狂《くる》ったよまったく……」

せいぜい一回分しかないと、ぶつぶつと愚痴《ぐち》る。しかし額からは脂汗《あぶらあせ》が滝《たき》のように流れ、激しい息切れでヒューヒューと喉《のど》が鳴る。それでも、老婆は平気なフリを装《よそお》って、影月と青ざめる若い堂主を見上げた。特に、情にもろすぎる水鏡道寺《すいきょうどうじ》のお医者に、溜息《ためいき》をつく。

「……あんたはねぇ、お医者のくせに人がおっ死《ち》ぬたびに懲《こ》りずに毎回ボロボロ泣いてさ、ずうっと呆《あき》れてたけど、訂正《ていせい》するよ。看病してるときは絶対泣かないからね。あたしがもう五十ばかし若けりゃ、押し倒してたもんだよ」

微《かす》かに堂主の唇《くちびる》が動くも、言葉は紡《つむ》がれなかった。蒼白《そうはく》な顔で、祈るように山麓《さんろく》の方角をわずかに見る。最後の最後まであきらめない青年に、老婆は笑う。

「……悪かったねぇ、器具とやらが届かないうちに、みんなあっけなく逝っちまってさ。この村は在ることさえ知らないほうが多い、辺鄙《へんぴ》すぎる場所だからねぇ」

黒《こく》州州都遠游《えんゆう》に文《ふみ》が届いて返ってくるまで、半年ほどかかる。しかも季節は冬――文がきちんと届くことさえないことを、本当は老婆は知っていた。最初の病人が半月で逝ったのを皮切りに、次々と村人が倒れていくのを見たとき、村長《むらおさ》である彼女は静かに覚悟を決めた。

……いつもより少しばかり、早い冬がきただけだと思っていた。

けれど、それは西華村の、最後の冬だったのだ。

降りやまぬ葬送《そうそう》の雪の中で、この小さな小さな村は埋《うず》もれ、人知れず静かに消えゆく。

「知ってるさ。あんたらが懸命《けんめい》に看病してくれたことなんてね。きっと都から良い薬や器具とやらが届くまであたしらが待っててやれたら、お前さんが必ず治してくれたこともさ」

初めて、若い堂主の顔がくしゃくしゃに歪《ゆが》んだ。

ある日ふらりと廃寺《はいじ》に住みつき、いつも笑《え》みを絶やすことのなかった若者。彼も、彼がある日どこから拾ってきた子供も、年寄りしかいない村人は当然のように愛した。

未来という名の愛《いと》し子は、いま、老婆にしがみついて声を上げて泣いていた。

その頭を撫でながら、老婆は昔々に曾祖母《そうそぼ》から聞いた話を思いだす。

「……早い冬がきたときには、水の中から魔物《まもの》がくる……そう言ってたっけねぇ」

影月、と老婆は泣きじゃくる子供を見下ろした。

「ちゃんと勉強して、お頑張り。あんたならきっと国試にも受かるさ。あんたは一人じゃない。

たとえ若堂主がいなくなっても、あんたにゃもう一人の自分がいるんだからね」

聡《さと》い影月は、少し考えただけでその怖《おそ》ろしい事実に気づいてしまった。

はじかれるように堂主様を見る。

異変はない。はずだった。

けれど堂主様は、小さく目を伏《ふ》せた。

それだけで影月はわかってしまった。

「……嘘《うそ》、ですよね……」

「影月……」

なだめるような囁《ささや》きに、影月はいっぱいに目を見ひらき、ガクガクと震《ふる》えながら叫《さけ》んだ。

「嘘！　嘘だ！　嘘でしょう⁉　ねえ堂主様‼」

つかんだ腕は、枯《か》れ木のように細かった。それは疲労《ひろう》からくる細さではなかった。

薬に長《た》けた堂主様なら、白目まで黄色くなる黄疸《おうだん》を抑《おさ》える薬も調合できたろう。激痛を和《やわ》らげる薬も、腹に溜《た》まった水を尿《にょう》とともに排出《はいしゅつ》する薬も。自ら毎日その調合を繰《く》り返し、影月に伝授してくれたのは堂主様だった。村を襲《おそ》った奇病は、それだけでは治らなかっただけで。

「坊《ぼう》やにだけは嘘をつくんじゃないよ、若堂主。あんたにゃほとほと参ったよ。いちばんボロボロの体をしてるくせに、気力だけで村を毎日毎日駆け回ってさ。けど世話をかけるのも、あたしで最後だ。あとは、一人残される坊やのために、すべての時間を使っておやり……」

老婆は目を細める。若い堂主が村にやってきてから過ぎた、優しい時間を思いだす。

「……楽しかったねぇ。人生の最後に、良い夢を見させてもらったよ」

それが、西華村最後の女長老の、最期の言葉となった。


……たった二人きりになってしまった村で、ひたりひたりと死神が最後の首を狩《か》りにくる。

堂主様は、影月がそばにいるときは決して苦しい顔を見せることはなかった。

膨《ふく》れていく腹。浮腫《むく》んでいく足。肌《はだ》は日に日に黄色くなり、手の指が少しずつ曲がっていく。

薬でももはや抑えることはできず、石が坂を転がり落ちるように病状は急激に悪化した。

「……ね、影月、泣かないで。君の顔が見えないよ」

毎日毎日泣きじゃくりながら薬をつくってくれる愛しい子供に、優《やさ》しく微笑《ほほえ》む。

「黒《こく》州に新しく赴任《ふにん》してきた州牧様に、文を書いたよ。国試を受けるときは、それをもって櫂《かい》州牧に会いに行きなさい。彼はきっと、私の代わりに君の後見になってくれるからね」

そして、『その日』は訪《おとず》れる。

びくびくと痙攣《けいれん》しはじめた堂主様を見たとき、ついに影月の頭から何もかもが吹《ふ》き飛んだ。

まろぶように道寺の外へ駆《か》ける。

いつのまにか、腰《こし》まで降りつもった雪に足をとられ、頭から倒《たお》れ込む。

白き死の女王が、誰《だれ》よりも大切な人を連れ去っていく。

「陽月《ようげつ》……っ！」

雪つぶてが容赦《ようしゃ》なく頬《ほお》を打つ。荒《あ》れ狂う吹雪《ふぶき》のなかで、影月は声を限りに絶叫《ぜっきょう》した。

「陽月、陽月、陽月——！」

なぜ、自分だけが病に罹《かか》らないのか、影月は知っていた。

かつて『彼』と交《か》わした契約《けいやく》では、長くて二十年——。だから。

いつか訪れるその日まで死ぬことのできない体を、呪《のろ》う日がくるなんて思いもしなかった。

誰かを置いていきこそすれ、たった一人で取り残される日がくるなんて。

幼い日、ただ本能のままに生きることを渇望《かつぼう》した。

けれど今は、『何のために』生きたいのか、彼は知ってしまった。

知っている。これは罪だ。他《ほか》の人は見殺しにしたのだ。

それでも——。

「我儘《わがまま》だって知ってる。僕の命を使っていい。だから、もう一度だけ、願いを——！」

いま、堂主様《あのひと》まで喪って、どうして生きていける。心が、世界が、光が消えて——。

——ただ自らの我儘《おもい》のために、影月はかつて命をくれた『彼』にいま再び願う。

そして、白き世界のなかで、罪は叶《かな》えられる。

——十歳の影月が一人きりでつくった村人たちの墓標の中に、水鏡道寺の堂主、華眞《かしん》の名が刻まれることは、ついになかった。

序章

虎林《こりん》郡の東、千里《せんり》山脈の一つ、榮山《えいざん》の裾野《すその》に石榮《せきえい》村という村があった。榮山を越《こ》えた向こうは黒《こく》州だが、仙人《せんにん》たちの住処《すみか》と称《しょう》されるだけあって、千里山脈は一つとして人が踏破《とうは》できる標高のものはなかった。史上この山脈を越えたのはかの初代国王蒼玄《そうげん》のみと言われる。

もし千里山脈を自由に行き来できたなら茶《さ》州の交易はずいぶんと発展するはずだったが、そんなのは途方《とほう》もない夢物語に過ぎなかったし、村人たちは裾野を細々と発掘《はっくつ》し、硯《すずり》に良いとされる榮山石を採るだけで充分《じゅうぶん》満足していた。黒州側と違《ちが》って木材にたいした価値はないが、石は州都琥璉《これん》に持っていけばなかなかの値が付いてくれる。山菜も山果実もそれなりに採れる。田んぼや畑も糊口《ここう》を賄《まかな》うくらいなんとかなる。村はなかなかにぎわっていた。

今年はいつもより早い冬が訪れ、山菜や果実はあまり採れなかったが、榮山石は根性《こんじょう》を出して発掘すれば冬でも採ることができる。腕《うで》の良い狩人《かりうど》なら、高額取引できるユキギツネの皮をとることもできよう。滅多《めった》に里では見ないのに、どうしたことか今年はちらほら見かける。

暮らしになんら支障はないと、誰もが思っていた。

けれど、雪にまぎれ、異変は確実に訪れようとしていた。

「茗才《めいさい》さんは、あと十日ほどで琥璉城に到着《とうちゃく》するみたいですねー」

琥璉城で、州牧宛《あて》の書翰《しょかん》に目を通していた影月《えいげつ》は顔をほころばせた。茗才は虎林郡からの途《と》次《じ》、郵亭《ゆうてい》のあるところでは必ず生真面目《きまじめ》に文《ふみ》を出してくれるので、こっちとしても安心する。

「結構ゆっくりですけど、もしかして路銀に困ってらっしゃるとか……」

真剣に心配している影月に、燕青《えんせい》は爆笑《ばくしょう》した。

「あっちこっちの役所でとっつかまって、これ幸いと難題押しつけられてんだろ。あいつ国試に及第《きゅうだい》してっから、普通《ふつう》の州官よか権限も資格も段違いにもってんだよ」

「そうなんですか！」

「あいつも変わり種だからなー……あれ、丙《へい》のおじじからも速便で文が届いてら」

茗才が妙《みょう》に気にして滞在《たいざい》を延ばした虎林郡。そこを治めているのが丙《へい》太守だった。

「入れ違い……じゃなくて出違いでなんかあったか？」

「もしかして、〝邪仙教《じゃせんきょう》〟とかいう人たちが動き出したとかですかー……？」

茗才から届いた報告書には、もちろん影月も目を通している。

虎林郡、千里山脈の山間に〝邪仙教〟と名乗る妙な信仰《しんこう》集団が巣喰《すく》いはじめたことを受けて、影月も自分なりに調べてみた。

「〝彩八仙《さいはっせん》〟の話を根底に置いてるんですよね、確か……」

――遥《はる》かな昔、彩雲国《さいうんこく》初代国王蒼玄とともに国づくりをおこなった八人の仙。彩八仙と呼ばれた彼らは蒼玄の死後、王宮から姿を消し、あとには王が彼らのために建立《こんりゅう》した仙洞宮《せんとうきゅう》だけが残される。けれど史書によればそののち何度か登場し、王に仕えたと記されている。そのすべてが名君と名高い王であったことから、八仙は仕えるに足る君主が現れたとき、仙洞宮に集《つど》うと言われるようになった。そのために開かずの仙洞宮は今もなお大切に保存され、独立機関として仙洞省が設置された。省を構成するのは非常に少人数で、かつそのほとんどが仙や歴史の研究者だそうだが、機密の多さは類を見ず、何より即位式《そくいしき》を執《と》り行う権限をもっていることから、国の中枢《ちゅうすう》である三省六部と肩《かた》を並べる四省目として数えられる。

「……が、長い時を生きすぎた仙人たちは徐々《じょじょ》に邪仙へと変質。よく祀《まつ》ってあげないと祟《たた》りを起こすようになったため、定期的に生け贄《にえ》を捧《ささ》げねばならない……とかなんとか……」

「そうそう。いやー俺も自分たいして頭良くねーと思ってたけどさ、上には上がいるよな！」

さすがの燕青も笑うしかなかったが、わけわからんのひと言で済ませられる話でもない。

「しかも調べてみたらこーゆーヤッって結構珍《めずら》しくないのな。名前は違っても、似たようなのが昔っからポコポコ出没《しゅつぼつ》しててびっくらこいたぜ。ただなー……」

「ええ。この時期にっていうのがおかしいですよね」

すぐに察して思慮《しりょ》深く眉《まゆ》を寄せる影月に、燕青も嬉《うれ》しくなる。

「だろ。俺が州牧に着任したときも似たようなのがいたなーってこれ見て思いだしたけどさ。

こーゆーのってさ、つまり火事場ドロボーみてぇなもんだろ？　物騒《ぶっそう》なときにゴタゴタに乗じてやりたい放題やって人様に迷惑《めいわく》かけるってやつ。世の中がわけわかんねぇときって、うっかりわけわかんねぇ話も信じちまうからなー。俺だってさ、腹ペコで死にそうなときに、目の前にあからさまにあやしい特大おにぎりが落ちてたら絶対食う自信あるぜ？」

堂々と胸を張って断言する。

影月はなんか違うような気もしたが、いまいち何がおかしいのかわからなかった。

「えーと、でも、僕もそう思います。世相が不安定になってきたときに民心を惑《まど》わすのが信仰集団の常套《じょうとう》手段ですから。僕たちが赴任した時ならまだしも、一応着任式も終わって安定期に入りはじめたこの時期にあえて怪気炎《かいきえん》を上げることに、どんな意味があるのか……」

「なー。近所の悪たれに馬鹿《ばか》にされて『お山に帰れー』って石投げられんのがオチだよな」

燕青が話しながらガサガサと丙太守からの書翰をひらく。

ザッと目を通し——その目が険しく細められる。

「……〝邪仙教〟とは直接関係ねーみてぇだな。丙のおじじに見張り頼《たの》んどいたから様子は書いてあるけど、今のとこはまあまあ静かにしてるらしいし」

「じゃあ、なんのご用で？　速便できたんでしょう？」

「虎林郡の東、千里山脈に接する石榮村《せきえいむら》で、腹が膨《ふく》れる謎《なぞ》の奇病《きびょう》が流行《はや》りだしてるらしい」

文を見ていた燕青は、そのとき劇的に変化した影月の表情に気づかなかった。

「念のため琥璉から良薬と名医の派遣《はけん》をってことでおじじから要請《ようせい》が——」

「――燕青さん!!」

「ん？　うお、どしたおっかねぇ顔して」

「その村、千里山脈のどこら辺に位置してますか!?」

鬼気《きき》迫《せま》る影月の気迫《きはく》に、何かを感じた燕青はすぐに要点だけ答えた。

「枯林《きつりん》地方だ。千里山脈の一つ、榮山の山麓《さんろく》にあって、村っつっても街に近い。あの山で採れる石は硯としてまあまあ良質だから結構栄えてるんだ。例年より早めに冬がきたって報告はあったが、琥璉の援助《えんじょ》が必要なほどではないって秋におじじから報告がきてる」

みるみるうちに影月の顔色が青ざめていく。即座《そくざ》に燕青から丙太守の文を受けとると、『奇病』について書かれてある部分を食い入るように読んでいく。蒼白《そうはく》というより、もはや紙のように白いその顔色に、燕青の顔つきもひきしまっていく。――ただごとではない。

影月は次いで即座に茶州の全図を卓《たく》に広げると、千里山脈に沿って連なる小さな村々を次々に指差した。

「――ここ一帯の村や街、そして各郡太守に宛《あ》ててすぐに僕が文を書きます。即刻《そっこく》州府の早馬を用意してください。もし、ここ一帯の里でユキギツネを見たという報告があれば、事は一刻を争います」

燕青はひと言も無駄口《むだぐち》を挟《はさ》まなかった。

「あとやることは？」

「……琥璉のお医者では治療《ちりょう》は不可能でしょう。けれど進行を抑《おさ》えることくらいはできます。

今から必要な薬を書き出します。柴彰《さいしょう》さんを呼んで、全商連で一両日中に薬と医師の準備を完《かん》了《りょう》させ、即刻送り出せる手はずを整えてください。もし——もし治療の可能性があるとしたら」

影月はぐっと歯を食いしばり、痛みをこらえるかのように瞑目《めいもく》した。

「……州外にも、二通文を書きます。そのうちの一つは秀麗《しゅうれい》さんへ」

「姫《ひめ》さんに？」

「秀麗さんに、主上付きの侍医《じい》——国の最高医官たちの即時《そくじ》派遣《はけん》を陛下に要請してもらいます」

燕青の目が見ひらかれる。

影月は、白くなるほどに拳《こぶし》を握《にぎ》りしめた。

「——予防は可能です。人から人への伝染もありません。けれどある環境《かんきょう》条件によって同時期、大量の発病者が出る可能性がとても高いんです。罹《り》患《かん》の時期は秋の終わり、数ヶ月の潜伏《せんぷく》期間を経て冬に発病します。そして、一度発病したら僕の知る限り完璧《かんぺき》な治療法はありません」

燕青はその意味を即座に察し、額に手を当てた。

「秋に罹患……おい、今はとっくにあそこは冬だぜ。てことは」

「……そうです。今からでは、予防は無意味な可能性が高いんです。これから続々と発病の報告が丙太守に寄せられるでしょう。多分、石榮村は間に合わない……けれど、まだユキギツネを確認《かくにん》していない村なら」

「——完璧な治療法はないっつったな⁉」

「僕が知る限り、です。広い国です。どこかに治療法を知っているお医者がいるかもしれません。けれど、呑気《のんき》に捜《さが》している暇《ひま》はありません。今のこの国で、お医者同士の繋《つな》がりも連絡《れんらく》手段のとれる組織もありません。噂《うわさ》だけで国中を巡《めぐ》るという伝説の医仙を捜しても無意味です。残る可能性は、確実に居場所のわかる、国一番の医師たちが集う貴陽《きよう》、宮城のみです」

「――わかった。すぐに文書《ふみ》け!! 今日の執務《しつむ》はそれを最優先にする」

燕青は扉《とびら》を蹴破《けやぶ》るようにして室《へや》を飛び出していく。

影月はすぐに料紙と筆を用意したが、筆をもつ手がガクガクと震《ふる》えるのがわかった。

――これは、罰《ばつ》なのだろうか。

罪を犯《おか》した、自分への。

(……堂……主様……っ)

カッと目をひらくと、拳を叩《たた》きつけて無理やり震えを止める。

――今、なんとかできるとしたら、自分だけだ。

ああはいったが、千里山脈と接していない貴陽の医師に、あの病に関して自分以上の知識があるとは思えない。それでも、培《つちか》った経験と膨大《ぼうだい》な知識によって治療法を見つけてくれるかもしれない。彼らに自分が知るすべての情報を与《あた》え、そして到着《とうちゃく》まで自分が何とかしなくては。

……本当は、あの奇病の治療法を完璧に記した書が、この国のどこかに必ず存在することを、影月は確信している。彼がこの世の誰《だれ》よりも愛した人は、決して『約束』を破らない。

『約束だよ。悲しいとき以外はなるべく笑うこと。いつだって生きることをあきらめないこと。そしてね、私も君に約束するよ――……』

万一の可能性に賭《か》けて、影月はまず黒州州府遠游城《えんゆうじょう》、櫂州牧宛《かい》に文をしたためはじめる。

……星が流れた今、自分に許された時間は残り僅《わず》かだとわかっている。

(陽月《ようげつ》……もう少し、もう少しだけ僕に、時間を――!)

ただ、それだけをひたすらに祈《いの》る。

●❋●❋●

貴陽――配下からもたらされた報《しらせ》に、彼は覚えず笑む。まとう衣《ころも》は、明けの縹色《ひょう》。

拍子《ひょうし》に、肩口《かたぐち》から月光色の髪《かみ》が一房《ひとふさ》、すべり落ちる。

「まったく、運命、としか言いようがありませんね……」

杜《と》影月は、ひどく残酷《ざんこく》な白の女王にことのほか愛されているようだ。

彼は何もしない。何もせずとも、事が起こることを知っている。だからこそ運命なのだ。

ほんの少しばかり駒《こま》を動かしたあとは、ただ『そのとき』を待てばいい。

一族の異能を発現させた茶春姫《さしゅんき》を感知してから、偶然《ぐうぜん》見つけた二つの『捜しもの』。

その内の一つは、近いうちにこの掌《てのひら》に落ちてくるだろう。

「茶州、虎林郡の東に、早い冬が訪《おとず》れた……」

いま再び、杜影月は、かつて味わった絶望とともに。

第一章　蜜柑の謎

ペロリろラリほ〜、と龍蓮的な感動の余韻《よいん》を残して笛の音がやむ。

途端《とたん》に、盛大《せいだい》な拍手《はくしゅ》が鳴った。一人は熱心に、一人は拍手するのがやっとというふうにペチペチと。

「うん、ピタッと決まりましたね龍蓮《りゅうれん》さん！」

「ふ。苦しゅうない。だが中盤《ちゅうばん》に少々不満が残る。ややもったりしたな」

「え、そうかな。激しくてカッコいいと思いましたけど」

もったりってなんだ、と秀麗《しゅうれい》はぐったりしながら内心で突《つ》っ込んだ。まるで全力疾走《しっそう》したあと日没《にちぼつ》まで畑を耕したかのように動悸《どうき》が激しい。大自然までがひゅるりら〜と木枯《こがら》しを吹《ふ》かせまくっていることに、彼らは気づかないのだろうか。

ちなみに現在地は邵可邸《しょうかてい》である。目の前の二人は秀麗が管尚書《かんしょうしょ》との飲み比べから帰ってきて数日後には、まさに寄居虫《ヤドカリ》のごとく居候《いそうろう》になっていた。

龍蓮も克洵《こくじゅん》も彩《さい》七区にそれぞれ貴陽別邸をもっているのだが、龍蓮は『藍《らん》邸は風流でない』という意味不明な理由から、克洵は茶鴛洵《さえんじゅん》死去以来、別邸が手入れされていないこともさることなから、『なんだか偉《えら》い人たちからぞくぞくと文がきて△※♯＊×!!』という悲鳴とともに邵可邸に転がり込んできたのであった。……秀麗のほうがよっぽどわけがわからない。

（いつのまにうちは珍《ちん》・駆《か》け込み寺に……）

そんなこんなで、現在かなりにぎやかになっている邵可邸であった。

ちなみに邵可と静蘭《せいらん》は宮城に出仕しているが、静蘭に関してはかなりの確率で『逃《に》げた』と秀麗は思っている。茶《さ》州でもそうだったのだが、静蘭は奏楽の素養に長《た》けているせいか秀麗以上に龍蓮の笛が耐《た》え難《がた》いらしく、音楽というより宇宙と交信しているとしか思えないらしい。

（静蘭……裏切ったわね……）

秀麗だってやることがないどころか、いちばんの正念場を控《ひか》えている。

もともと秀麗が朝賀を終えてもまだ貴陽に滞在《たいざい》しているのは、影月《えいげつ》と一緒《いっしょ》に考えた茶州での研究機関設立に向けて、最初のとっかかりをつかむためなのだ。

予算関係で戸《こ》部を、設立時に講師として学士や博士を横流ししてもらうために礼部と工部にまず話を聞いてもらう必要があり——第一の難関だった工部尚書管飛翔《かんひしょう》を、飲み比べの末なんとかかんとかこのあいだ陥落《かんらく》させることができた。

とはいえ予算が莫大《ばくだい》すぎて全部公費では落とせない。貧乏《びんぼう》な茶州では賄《まかな》えないぶんのお金を全商連に出してもらおうという腹で、最後にズバッと全商連に話を通して意気揚々《ようよう》と茶州にひきあげようと思っていたのだが——。

（……さ、柴凜《さいりん》さん遅《おそ》い……）

仲介役《ちゆうかい》を務めてくれるはずの柴凜からはなかなか返事がこなかった。聞くところによると、どうも全商連はかなり慎重《しんちょう》に時機を計っているらしく、少しのびるかもしれないと、柴凜が困った顔で告げた。おかげで秀麗はここしばらく龍蓮の笛を聞く羽目になってしまった。

龍蓮が上機嫌《じょうきげん》で「喉《のど》を潤《うるお》してくる」と席を外すと、秀麗はすかさず克洵を捕《つか》まえた。

「ね、ねえ克洵さん」

「はい？」

「あの……龍蓮の笛、ほ、本当に心から良いと思ってる……のよね？」

「ええ、もちろん」

克洵は即答《そくとう》したのち、照れたように頭をかいた。

「僕、奏楽に造詣《ぞうけい》も深くないし、流行にも疎《うと》くて……だから、龍蓮さんの独創的で前衛的な笛をちゃんと理解してあげられているかは自信がなくて、それだけ申し訳ないんですけど……」

「…………」

「でも龍蓮さんがああして真剣《しんけん》に吹いているんですから、あれが当代最高峰《さいこうほう》の音なんですよね。藍家が碧《へき》家と同じくらい芸術系に優《すぐ》れているのは有名だし。ほんと、僕なんか想像もつかない腹にドスッとくる音と曲で。それがこうして毎日聞けるなんて、夢のような贅沢《ぜいたく》ですよね」

キラキラと興奮に目を輝《かがや》かせている克洵に、秀麗は言葉もなかった。

（……ど、どうしよう……）

真実を教えるべきか否《いな》か、秀麗はいまだかつてこんなに葛藤《かっとう》したことはなかった。

情報の届かない僻地《へきち》に在りつづけることが、これほどの弊害《へいがい》を引き起こすとは思わなかった。秀麗などは下手に耳が良く、かつ胡蝶《こちょう》を始めとする超《ちょう》一流の音に幼い頃《ころ》から恵《めぐ》まれて育ったため、余計龍蓮の音に衝撃《しょうげき》を受けるのだが、克洵はまったくその逆だったのだ。

（こ、こ、これが当代一の音だと思いこんでるから平気なんだわ……）

正真正銘《しょうめい》当代一の笛の名手たちの名誉《めいよ》のためにも誤解を正さなくてはと思いつつも、これはこれである意味幸せではないだろうかとも思ってしまう。

「でも、ほんと思い切って龍蓮さんに声をかけてよかった」

「え？」

「茶州で呼び止めたときなんですけど」

「ああ」

奇天烈《きてれつ》がトンチンカンという衣装《いしょう》を着て歩いているとしか思えない恰好《かっこう》で、頭にキノコやら松ぼっくりやらを載《の》っけている男を、確かによくぞ呼び止めたものである。

ちなみにそれらの秋の味覚は旬《しゅん》を過ぎて腹におさまったため、今の龍蓮の頭には何も載ってはいなかった。雪が降った時は雪だるまを載せていたが、寒いし濡《ぬ》れるしすぐ溶《と》けるしで、お気に召さなかったらしい。発明家でもある柴凜に『溶けない雪だるま』を依頼《いらい》していたが、雪は溶けてこそ風流という彼女の持論にいたく心を打たれ、依頼を取り消していた。

秀麗はそれを見るにつけ『なぜよりによってこの男に国試で負けたのか』という、永遠に解けない謎《なぞ》を何度も考えるのであった。どう考えてもおかしい。

「あのときの僕って、何もわからないうえに英姫《えいき》お祖母《ばあ》様からも『まずは自分で考えてみや』って見放されてて、いやもう、ほんっっとに切羽詰《せっぱつ》まってたんですけど」

よりにもよって龍蓮に衣装や髪型《かみがた》やらを訊《たず》ねたことからしてそれは知れる。

「でも、金華《きんか》で秀麗さんや影月くんと一緒にいるところを見ていなかったら、絶対声かけられなかったなぁって思いますよ」

「え？」

「金華で龍蓮さんとお話しする機会はなかったけど、お二人と一緒にいる龍蓮さんがすごく楽しそうだったことは覚えてて」

克洵も普通《ふつう》に出会っていたら遠巻きにするしかなかったろう。けれど、出会ったときの龍蓮のそばには、秀麗と影月がいた。

二人といるとき、ふわりと和《なご》む空気に、手が届きそうな気がした。

「僕が声をかけても、大丈夫《だいじょうぶ》かなって」

だから克洵は、勇気を振《ふ》り絞《しぼ》って話しかけてみたのだ。そうしたら――。

「優《やさ》しいんですよね、龍蓮さん。僕の支離滅裂《しりめつれつ》な話も辛抱《しんぼう》強く聞いてくれて。それに、ほら、大捕物《おおとりもの》とか差し押さえとかで、ろくなおもてなしもできなかったんですけれど、嫌《いや》な顔するどころか、これもまた風流とか、折れた庭木が池に生えててもそんなふうに慰《なぐさ》めてくださって」

多分それは本気で風流だと思って言ったのだろうと秀麗は思った。

「丁寧《ていねい》に滞在のお礼を言ってくださったときは、春姫《しゅんき》と二人で感激しましたよ」

秀麗は頷《うなず》いた。はっきりいって茶本邸《ほんてい》より遥《はる》かにボロで粗食《そしょく》な邵可邸でも、龍蓮や藍将軍が文句をつけたことは一度もない。いつもご機嫌《きげん》で礼を述べて帰っていく。

「だから僕も春姫も、すっかり龍蓮さんが大好きで。ちょっと突拍子《とっぴょうし》もないですけど、今じゃこう、びっくり箱から何が出てくるかなって、むしろ楽しみっていうか」

「へ、へえ……」

大物だ、と秀麗は確信した。

「何より僕、今まで同年代でこんなふうに親しくなれた人はいないから」

照れたように笑う克洵に、つられたように秀麗も頰《ほお》をゆるめた。

「秀麗、克洵」

二人して振り返って——一拍《いっぱく》。

絶叫《ぜっきょう》したのは秀麗だった。

「いやーっっ!! あんた裏の畑に大事に植えてた大根と蕪《かぶ》と葱《ねぎ》引っこ抜《ぬ》いてきたわね!?」

「すばらしく頃合《ころあ》いだ」

「ばかっっっ！　あと三日待てばもっと大きくなっていちばん美味《おい》しくなったのにっ!!」

「畑からチラリとのぞいていたこの三種の菜……完全に熟《じゅく》す前のあやうい白さと優美な線が素《す》晴《ば》らしい。沸々《ふつふつ》と即興《そっきょう》曲がわき上がってくる。題は『邵可邸自給自足・白の集《つど》い編』だな」

「いちばんどうでもいい頃合いじゃないのっっ！　ふざけんじゃないわよ人んちの大事な野菜なんだと思ってんのあんたは————っっ!!」

「あと何かがあればさらに秀逸《しゅういつ》な新曲が書ける予感がする」

全然人の話を聞かずにきょろきょろとネタをさがす龍蓮に、秀麗はぷるぷると震《ふる》えた。

「……克洵さん……どこの誰《だれ》が人の話を辛抱強く聞いてくれるんです……？」

「あの……いえ……あれ……？」

そのとき、近くから苦笑いの混じった咳払《せきばら》いが聞こえてきた。

「その、勝手にお邪魔《じゃま》してしまって申し訳ない。何度か呼んだんだが」

「凜さん！」

いつのまにか回廊《かいろう》に立っていた柴凜に気づいた瞬間《しゅんかん》、秀麗は飛んでいった。

「――もしかして⁉」

「ああ」

柴凜は懐《ふところ》から一通の書翰《しょかん》を取り出し、秀麗の前で軽く振って見せた。

「私宛《あて》に全商連からお呼びがかかったよ。旦那《だんな》様は登城していないから、もし行くなら秀麗殿《どの》一人ということになるが……どうする？　顔見せや挨拶《あいさつ》程度になっても、一緒《いっしょ》にくるかい？」

秀麗の顔つきが引き締《し》まった。――次にいつ機会がくるかわからない。

「行きます」

「ふふ。ふ。ふふふふふ」

不気味なふふふ笑いが執務室《しつむ》に木霊《こだま》する。

当初はつとめて無視していた楸瑛《しゅうえい》だったが、止めない限り永遠につづくことを知ると、おもむろに一つ咳払いした。

「……主上《しゅじょう》」

「ふふふふふ」

「主上」

「ふんふん」

——全然聞いていなかった。

さらさらと署名をしたり御璽《ぎょじ》を捺《お》したりしてきちんと政務をしてはいるが、にへにへと崩《くず》れまくったその顔には、最近ひそかに宮女の間で評判だった『冴《さ》えます美貌《びぼう》』は欠片《かけら》も見られない。とはいえ、ほっぺたをみょーんとつねりたくなるほど幸せ一杯《いっぱい》なその顔は、楸瑛にとっては実に見慣れたものであった。

ようやく目にすることができたその表情《かお》に、ホッとしている自分に楸瑛は気づく。

——こういう顔ができる間は、心配はない……。

そう安堵《あんど》すると同時に、この特別な笑顔《えがお》を贈《おく》ることができる相手が、二人しかいない事実に僅《わず》かに不安を覚える。

けれどどこに誰の耳目があるかわからない朝廷《ちょうてい》で、たとえ二人きりでも静蘭が兄の顔になることは許されず、王もまたそれを求めることはできない。

安心して、彼がへらへらできるのは、たった一人しかいないのだ。

「……どうして私や絳攸《こうゆう》を一緒《いっしょ》に連れていってくださらなかったんです？」

それまでうららな春風が吹《ふ》いていた劉輝《りゅうき》の頭が、瞬時に覚醒《かくせい》した。

「なっ、なぜわかった！」

「そりゃわかりますよ」

劉輝はもじもじと後ろめたそうに視線をさまよわせた。

「その、ちょっとしたご縁《えん》があってだな。夜中近くで、急なことだったのだ。別に仲間はずれにしたわけではないのだぞ。余だってご飯も食べず、二胡《にこ》も聞けずに帰ってきたし……」

別に楸瑛は『仲間はずれ』にされたことを責めているわけではないのだが。

「つまり突発《とっぱつ》的に行かれたわけですね。で、邵可様に『夜這《よば》い御免《ごめん》状』を出されたんですか」

「いや、それがうっかり失念してな……挨拶もせずに明け方慌《あわ》てて帰ってきてしまったのだ」

ぼそぼそと呟《つぶや》く劉輝に、楸瑛は眉《まゆ》を上げた。……なんと、まっとうな『夜這い』である。

「……ずっと二人きりでいらしたんですか？」

「うむ。一緒に朝日を見たのだ。秀麗が手を繋《つな》いでくれてな」

てれてれと頰をかく劉輝に、楸瑛はますます仰天《ぎょうてん》した。もしかするともしかするかと思ったが、しかし楸瑛も曲がりなりにも二人と二年近く付き合ってきた実績がある。

「それはそれは……で、どこで朝日を見たんですか？」

「庭院の桜の下だ」

「ほう。春ならかなりイイ線の選択《せんたく》ですが、今はずいぶん寒くないですか」

「うむ。霜《しも》で尻《しり》が濡《ぬ》れてな、秀麗が途中《とちゅう》で尻が凍《こお》りつきかけていることに気づいてくれなかったら、日が高くなるまで二人して動けなくなっていたぞ。とはいえ余など慌てて立ちあがったから衣が裂《さ》けて、今朝珠翠《しゅすい》に怒《おこ》られた……。幸い重ね着していたから被害《ひがい》は上衣一枚に留《とど》まったが、下衣が破れていたら余は男としての面目を失うところだった」

劉輝は至極真面目《しごくまじめ》だった。楸瑛は吹きだすのを必死にこらえようとして、結局失敗した。

「いいんだ。ちゃんと秀麗が縫《ぬ》ってくれたからな。余は幸せ者なのだ」

笑い出した楸瑛に、劉輝はぷいとそっぽを向いた。

それでも、彼の幸せそうな空気は少しも揺《ゆ》らがない。

まず間違《まちが》いなく、逢《あ》って言葉を交《か》わし、文字通りただ手を繋いで朝日を見ただけだろう。別れの日がくることを知りながら、二人きりで逢える僅かな時を、そんなふうにしか使わない。……たったそれだけで、彼はこんなに元気になれるのに、決してそれ以上は求めない。

──何一つ確かなものなどありはしないのに、印《しるし》を刻みもせずに彼は手を離《はな》す。

こんなとき、この年若い王の心は、自分よりよほど大人なのかもしれないと、楸瑛は思う。

「……不安に、なりはしませんか」

思わずこぼれた言葉に、楸瑛自身が驚《おどろ》き、口許《くちもと》を押さえた。

そんな彼の様子に劉輝はちょっと瞠目《どうもく》すると、不思議な微笑《ほほえ》みを浮《う》かべた。

「心配してくれるのか。嬉《うれ》しいぞ」

嬉しさと、それ以外の何かを含《ふく》む笑顔に、なぜか楸瑛の胸が後ろめたく痛んだ。

……その痛みの理由を、楸瑛が知るのは、もう少しあとのことになる。

「そういえば、絳攸《こうゆう》はまだ二日酔《ふつかよ》いで寝込《ねこ》んでるのか？」

楸瑛は話題が変わったことに妙《みょう》にホッとした。

「あーいえ、もう出仕はしてますけど、絳攸が紅《こう》家の新年準備で邸《やしき》に詰《つ》めていたときも吏部《り》尚書はいつも通り仕事をさぼりまくっていたので、たまりまくった仕事がとんでもないことになってて吏部から出られないみたいですよ……邸にも帰ってないとか……」

劉輝はうっと顔を引きつらせた。

〝悪鬼巣窟《あっきそうくつ》〟吏部の猛者《もさ》たちさえ入室を泣いて嫌《いや》がる吏部尚書室。働き者の戸《こ》部尚書はかつて足を踏《ふ》み入れた瞬間踵《きびす》を返し、以後近寄りもしなくなったという。『戸部尚書の仮面の下』と『吏部尚書の未処理仕事』は朝廷恐怖《きょうふ》の二大代名詞として他の追随《ついずい》を許さない。

常人なら一目で魂《たましい》を彼岸に飛ばしたくなるという恐怖の吏部尚書山積仕事だが、タチが悪いのは黎深《れいしん》がその気になれば大概《たいがい》半刻で片づくことが過去何度も実証済みな点であった。

「……紅尚書……本気を出せば一年分の仕事も三日で終わらせられるのにな……」

「……あのかたは一年に一回本気を出せばいいほうですからね……」

余談だが去年の春、紅黎深が某《ぼう》ハゲ頭によって軟禁《なんきん》され、王の執務室が書翰《しごと》に埋《う》もれた時も、吏部の官吏たちだけは眉を上げもしなかった。『実に見慣れた光景ですね』サラリとのたまい至極冷静に事態に対処した吏部官吏たちはまことに頼《たの》もしく実に恰好《かっこ》良く、他部署の官吏たちから熱い視線を浴びたものだ。絳攸が地道に片づけていてもそうだったのに、それさえなかったのだから、現在吏部尚書室がどんな状況《じょうきょう》になっているのやら、想像するだに怖《おそ》ろしい。

そのとき、入室してきた下官が恭《うやうや》しく訪問者を告げた。

「茶州州尹《さしゅうしゅういん》、鄭悠舜《ていゆうしゅん》様がお見えになりました」

劉輝は楸瑛も下がらせ、鄭悠舜と一対一で臨《のぞ》んだ。

足を少し引きずりながら入ってくる彼を、劉輝は手を貸しもせずにただ待った。

跪《ひざまず》くと、悠舜はゆっくりながら完璧《かんぺき》な跪拝《きはい》の礼をとった。

ゆるやかな沈黙《ちんもく》が室《へや》を支配する。

「十年、良く茶州を支えてくれた」

やがて、劉輝の静かな声が室に落ちる。

「遅《おそ》くなって、すまなかった」

悠舜の伏《ふ》せた眸《ひとみ》に、王の沓《くつ》が入りこむ。許しなく顔を上げても、劉輝は咎《とが》めなかった。

「茶州府のすべての官吏に、心からの感謝を」

王を見据《みす》えていた悠舜の眼差《まなざ》しが、ふとやわらかく和《なご》んだ。

「……良き王に、おなりになられましたね」

「即位《そくい》式《しき》のときのそなたは、怒っていたな」

「ええ、とても」

言葉とは裏腹に、悠舜の表情は微笑んだままだった。

「あれから、よくここまで立ち直られました。頑張《がんば》りましたね、主上」

とっくに許されていることを知り、劉輝は泣き笑いのような顔をした。

「……もっと、怒られると思っていた」

「これから充分《じゅうぶん》、その機会はございましょう。お覚悟《かくご》なさいませ」

悠舜は若き王が差しだした手をとり、用意された椅子《いす》に腰《こし》を下ろした。

「なぜ、父が茶州に関して十年前から沈黙を守ったのか、ようやくわかった」

ぽつんと、劉輝は呟いた。悠舜の穏《おだ》やかな双眸《そうぼう》は、王の言葉を見抜《みぬ》いて、優《やさ》しく微笑む。

「父は、待っていたのだな。後ろ盾《だて》のないそなたが、朝廷につぶされてしまわぬように。その才を、誰《だれ》に阻《はば》まれることなく花ひらかせることができるように」

あまりにも直《す》ぐな心と、障害をもつ体のため、上官たちの妬《ねた》みを買ったかつての状元《じょうげん》。

漆黒《しっこく》の闇《やみ》に摘《つ》まれようとした稀代《きたい》なる才能は、茶州へ志願したことにより、中央官が見向きもしない遠い地でひそやかに、確実に、開花する。

十年、どこよりも厳しい第一線に在りつづけた彼は、今――。

悠舜から手渡《てわた》された書翰《しょかん》に目を通し、王は苦笑《くしょう》する。

「中央省庁からも内諾《ないだく》をとりつけたか……どんな仙術《せんじゅつ》を使ったのだ？」

「矜持《きようじ》の高い方々のお相手は、この十年で充分経験を積んでまいりましたので」

はったりでよろしいのでご署名をと、にこやかに促《うなが》す悠舜はどこまでも誠実そのもので、彼が海千山千の中央大官たちを相手に見事勝利をもぎとってきたとはとても思えない。

彼はこの十年で、まっすぐな理想を貫《つらぬ》くだけの力と経験を身につけて、帰ってきた。

「……父上は、どこまで見越《みこ》していらしたのだろう」

政務を執《と》るにつれ、劉輝はそう思わずにいられない。

『父を殺し、兄弟を殺し、親族を殺し、官吏を殺し、豪族《ごうぞく》を殺し、玉座を両断し、すべてを壊《こわ》し尽《つ》くしてから、私は私の国をつくる』

宋太傅《そうたいふ》が語った父の言葉に嘘《うそ》はない。直系の血を継《つ》ぐ者が劉輝と清苑《あに》しか残っていない一因がそれでもある。傍系《ぼうけい》も邪魔《じやま》と思えば処刑《しよけい》した。その残虐《ざんぎやく》さを怖《おそ》れられる一方で、史上稀《まれ》に見る大改革を行い、国を平定し、暗黒期と呼ばれた大業《たいごう》年間に終止符《しゆうしふ》を打った稀代の名君でもある。そして今の朝廷《ちようてい》三師をはじめとする名大官たちの絶対なる忠誠を掌《てのひら》におさめた覇王《はおう》。

残酷《ざんこく》だったのか、優しかったのか——今でも劉輝は考える。

そして、玉座にて父が一人何を考え、思っていたのか——。

ただ一つだけわかっているのは、まだまだ自分は父の足元にも及《およ》ばぬということだけだ。

「……気が向いたら、いつでも帰ってきてくれ。尚書令の地位はそれまで空けておく」

署名しながらの劉輝の言葉に、悠舜は目をまたたいたのち、微《かす》かに苦笑をにじませた。

「私を、宰相位《さいしよう》にお任じになると?」

それだけではなかった。朝廷三師三公に次ぐ正二品位を、全官吏の中でただ一人与《あた》えられる尚書令は、別名典領百官。四省六部全官吏の頂点に立ち、実務に携《たずさ》わるなかでは並ぶ者なき最高位である。ひるがえせば尚書令を牽制《けんせい》できる官吏は存在せず、それゆえしばしば独裁を許すことに繋《つな》がり、歴代王の多くはわざと空位にしてきた。

しかし最近まで長らくその座を占《し》めていた官吏がいた。

霄瑤璇《しょうようせん》──現在の、霄太師その人である。

かの名宰相誉《ほま》れ高きそのあとを鄭悠舜にと、劉輝は言うのだ。

「それはまた、ずいぶんな出世ですね」

「吏部・戸部両尚書が素直《すなお》に言うことを聞く相手など滅多《めった》にいなくてな……」

「そうでしょうね。ちょっとしたコツがございますから」

「あとで、余にこっそり教えてくれ」

真顔で言う劉輝に、悠舜はくすくすと笑った。

笑いやむと、悠舜は静かに訊《き》いた。

「──私でよろしいのですか？」

紅黎深は基本的に国事に関心がない。黄奇人《こうきじん》の容赦《ようしゃ》ない厳しさは折衝《せっしょう》より実務向きだ。何より二人とも灰汁《あく》の強すぎる個性のために、味方と同時に水面下での反発も多い。いずれ宰相位にのぼるとしても、それは今ではない──そう思っていた。それに。

「言ったろう。父は待っていたのだ。茶州の平定とともに、次代の宰相が育つそのときを」

まるで、翌年に倒《たお》れる自分と、朝廷に吹《ふ》き荒《あ》れる王位争いを予期していたかのように。先王は紙一重の差で、鄭悠舜を茶州へ送りだした。

「ええ。次に玉座に座ることになる公子のために」

劉輝がハッと顔を上げると、知性あふれる穏やかな眸と出会う。

「――そのために、必ず生きて戻《もど》ってくるようにと、先王陛下よりお言葉を賜《たまわ》りました」

「……まさか余が残るとは、父も想像しなかったろうに」

嵌《は》め絵はピタリとはまっていく。紅・黄両尚書をはじめとする現在の人事の大半が、霄太師と病床《びょうしょう》の父による采配《さいはい》だ。そして少しずつ国に余裕《よゆう》ができて、空位の大官を埋めようと首を巡《めぐ》らせば、恰好《かっこう》の人材が必ずいる。礼部の魯《ろ》尚書しかり――。

……今なお、劉輝は父と三師の掌上にある。

「燕青《えんせい》への処置と、茶州の新州牧の采配は、あなたによるものです」

まるで心を読んだかのように、署名の入った書翰を受けとりながら悠舜は唇に笑みを刻む。

「お見事でございました」

席を立とうとする悠舜に劉輝は驚《おどろ》いた。支えようと伸《の》べた王の手を、悠舜は押し戴《いただ》くように額に当てた。そのまま膝《ひざ》をついた彼に、劉輝の目が見ひらかれる。

「主上のご即位《そくい》に、改めてお慶《よろこ》びを申し上げます」

穏やかで優しい眸が、劉輝をとらえる。

「尚書令のお話はまだお心の内に留《とど》めておかれませ。安易に決めてしまうべき地位ではございません。私などよりふさわしい御方《おんかた》がいらっしゃったら、どうなさるおつもりですか」

ひらきかけた劉輝の口を遮《さえぎ》るように、悠舜ははっきりとつづけた。

「そのような提示がなくとも、茶州が落ち着いたなら、あなたのために必ず戻ってくることをお約束いたします。お優しく心強き我が君に心からの忠誠を。――たとえ、紅藍両家があなたに反旗を翻《ひるがえ》すときがきても、私はあなたにお仕えいたしましょう」

劉輝は息を呑《の》むと、ゆっくりと片手で目を覆《おお》った。

言葉もなく、ただ小さく肯《うなず》いた若き王に、悠舜はもう一度、微笑《ほほえ》んで深く頭《こうべ》を垂れた。


全商連に出かける支度《したく》を整えて、最後に秀麗が門を閉めようとすると、門前に軒《くるま》がとまった。

「あら、もう帰ってきたの父様。と……玖琅叔父《くろうおじ》様！」

そこから降りてきた二人に秀麗は驚いた。

けれどそれも束《つか》の間、秀麗は久しぶりに会う叔父の姿に心から喜色を浮《う》かべた。

「お久しぶりです玖琅叔父様。いらっしゃってくださったんですね」

姪《めい》のはにかむような笑顔につられ、玖琅も滅多に変えない表情を微《かす》かにゆるませた。

（うわ……国宝ものに貴重な光景……）

見ていた邵可はしみじみそう思った。次いで秀麗の外出着に目をとめる。

「あれ、もしかして出かけるのかい、秀麗」

「う、ん……そのつもりだったんだけど」

「ああ、大丈夫《だいじょうぶ》。急ぎの用なら気にしないで。お茶なら私がやっておくから」

「……今すぐお茶の用意をしてくるわ」

即座《そくざ》に踵《きびす》を返した秀麗の腕《うで》を、玖琅が軽くつかんで引き留めた。

「気にしなくて良い。邵兄上のことならわかっている。急ぎなら行きなさい」

「叔父様……」

秀麗はハッと例の木簡のことを思い出し、深々と頭を下げた。

「あの、その節は木簡をありがとうございました。とても助かりました」

「ああ、よく頑張ったな」

「いえ……」

「頑張った、と私は言ったのだ」

玖琅が頭を軽く撫《な》でると、秀麗は少しだけうつむき、そして笑った。

「……はい」

「土産《みやげ》だ」

とん、と小さな包みを手渡《てわた》される。中身をのぞいた秀麗は、パッと顔を輝《かがや》かせた。

「お蜜柑《みかん》！　わ、すごくおいしそう」

「紅州自慢《じまん》の蜜柑だ。紅州の邸《やしき》にいたころ、君の好物だった」

「え、そうなんですか⁉」

邵可も昔を思い出して頷《うなず》いた。

「そういえば玖琅、よく秀麗にあげにきてたね」

世界の中心で愛を叫《さけ》んではいるが、黎深にはそういった『グッと子供心をつかむ小技《こわざ》』が果てしなく欠けている。逆に玖琅は小器用に子供秀麗を喜ばせるのがうまく、結果、黎深は常に玖琅の二番煎《にばんせん》じに甘んじることになり、毎回地団駄《じだんだ》を踏《ふ》んで悔《くや》しがっていたのであった。

(……あれ……もしかして、黎深が玖琅につっかかるのって…………)

邵可は黎深の根深い逆恨《さかうら》みの一端《いったん》を垣間《かいま》見てしまった気がした。

「ありがとうございます。おいしくいただかせてもらいますね」

「出かけるなら、いくつか包んでもっていくといい」

玖琅は包みから蜜柑をいくつかとると、懐《ふところ》からだした絹の手巾《てぬぐい》で包んだ。残りの包みと交換《こうかん》するように、秀麗の掌にのせる。

「巾着《きんちゃく》に入れておけば邪魔にはなるまい」

「はい。……せっかく訪ねてくださったのに本当にごめんなさい。お時間がよろしかったら、帰ってくるまで、あの、待っててくださいますか？」

「ああ。行ってきなさい」

秀麗は巾着に大事に蜜柑の包みをしまうと、笑顔を残して門から出て行ったのだった。

——秀麗が去ると、一気にズンと空気が重くなった。

邵可は室《へや》に案内し、お茶を淹《い》れようとしたが、いつものごとくなかなか茶器が見つからない。

玖琅は無言のまま、かわりに茶器を見つけ、邵可が途中《とちゅう》散らかしたものを片付け、もってきた蜜柑をお茶請《ちゃう》けに二個とりだし、きちんと洗って小皿にのせ、かつお茶を二人分淹れた。

紅邵可と紅黎深を兄にもつと、末弟《まってい》は必然的にこうなるという見本であった。

邵可は逆にもてなされ、まったりとお茶をいただいた。

「あー、ありがとう玖琅」

無言。

「うん、相変わらず君のお茶はおいしいね。外は寒かったから、あったまるね」

無言。

「あ、この茶葉ね、安いけど良《い》いお味だよね。秀麗が吟味《ぎんみ》してきたんだよ」

「――で？」

玖琅は一杯《いっぱい》目の茶を飲み干すと、じろりと長兄《ちょうけい》を睨《にら》むように見据《みす》えた。

「別の吟味は終わりましたか、邵兄上」

惑《まど》わされることなく氷の視線でズバリ本題を突《つ》いてきた末弟に、邵可は内心で舌打ちした。

「あ、それね、あのね」

「黎兄上がここにきたことはわかってるんです」

「あ、うん、そうなんだけど」

「あの黎兄上が書翰《しょかん》を問答無用で燃やさなかったことをとっても、重要度がわかるというものです。当然、秀麗に話は通してあるんでしょうね」

玖琅はまるで話を聞かず、それでいて手際《てぎわ》よく邵可の蜜柑から剝《む》いていく。

「まあ、勿論《もちろん》最善の選択肢《せんたくし》は——」

「玖琅」

邵可は溜息《ためいき》と一緒《いっしょ》に玖琅の深い眉間《みけん》の皺《しわ》をビシッとついた。

「結論を急ぐとは君らしくないね」

「別に——」

「縁談《えんだん》は私と黎深で全部目を通したよ。今はそれで充分《じゅうぶん》だ。いったん君が持ち帰りなさい」

やわらかながらもきっぱりとした言葉に、玖琅は眉《まゆ》を寄せた。

「……秀麗は、知らないんですね？」

「すぐ茶州に戻っちゃうのに、今教えても仕方ないだろう。それに、断言しても良いけど、今見せても秀麗はきっと片っ端《かたっぱし》から断るよ」

「……政略結婚が嫌《いや》、ということですか」

「いや、それ以前の問題だよ。そもそも今の秀麗は結婚とか考えてもいないと思うから」

邵可は、年頃《としごろ》の娘《むすめ》にしてはあまりに恋愛を意識しなさ過ぎる秀麗を思う。

あれは鈍感《どんかん》と言うより、おそらくは無意識に考えないようにしているのだ。それは——。

玖琅の表情に気づいて、邵可は少しく苦笑《くしょう》した。

「……まあ、官吏になったこともあるけど、政略でもなんでも、自らの意志で申し込みにこない男に秀麗をやるわけにはいかないよ。必要だと判断したから、私も黎深も縁談話に目を通したけど、最終的には秀麗次第《しだい》だ。そしてそれは、多分――とても難しい」

かつて妻が、さんざん邵可を追い払ったのと同じように。

「それにね、君は本当に何でもかんでも自分一人で背負いすぎるよ、玖琅」

邵可は玖琅の手から剝きかけの蜜柑をとると、それを自分の小皿に戻《もど》し、かわりに玖琅の蜜柑を剝いてやった。

「少しは兄を信用しなさい。焦《あせ》らなくても、紅家は大丈夫だから」

いつもの不器用な兄からは考えられないほどくるりと綺麗《きれい》に剝かれた蜜柑を渡され、玖琅は驚《おどろ》きつつも不穏《ふおん》な表情で蜜柑と兄の顔を見比べた。

「……邵兄上が、それを言いますか」

「いざとなったら私が頑張って長生きして、百まで当主を務めるよ。それくらいの覚悟はある」

思わぬ不意打ちに、玖琅は取り繕《つくろ》う暇《ひま》もなかった。

「そのころには、きっとひ孫までたくさん生まれてて、次の当主はよりどりみどりだよ」

玖琅は顔を見られないように、視線を邵可からはずした。握《にぎ》りしめた拳《こぶし》が震えた。

今さら――理性ではそう文句を呟《つぶや》きながらも、邵可のその言葉は、玖琅の心に優しく響《ひび》いた。

誰のために長兄がそんなことを言うのか――。

それを素直《すなお》に認めたくなくて、玖琅はムスッとしたまま話を戻した。

「……邵兄上が当主になったら余計私が苦労します。まあ、確かに、秀麗の件では焦っていたかもしれません。ですが私の考えは変わりません。どう考えても秀麗と絳攸と紅家にとっていちばんいい縁談は一つしかありませんからね。絳攸も馬鹿《ばか》ではない以上、わかるはずです」

邵可は蜜柑を割る手を止めた。

「……え、もしかして言っちゃったの⁉　君が勝手にうちに縁談寄こしたことも？」

「勝手とはなんです。家同士の婚姻《こんいん》なんてそんなもんでしょう」

絳攸の苦悩《くのう》が手にとるように察せられて、邵可は心の中で義理の甥《おい》に謝った。

（うわー……絳攸殿《どの》は真面目《まじめ》だからなぁ……。それに玖琅の性格だと別に強制はしてないだろうに、多分威圧《いあつ》感に押されてきっとそのことにも気づいてないだろう……）

玖琅は若いくせに妙《みょう》な迫力《はくりょく》と威圧感があるので、相手によく「そうかも」と思わせるのだ。

「……あーでも、もし秀麗が絳攸殿と結婚したら、黎深が秀麗の義理の父親になるんだね」

その瞬間《しゅんかん》、玖琅は完璧《かんぺき》に凍《こお》りついた。

「黎深がお義父《とう》さんかぁ……なんかこう、秀麗の一生はある意味凄《すご》いことになりそうだよね」

「……………あ、の……邵……兄上…………………」

「うん？　どうしたの玖琅。顔が青いよー」

玖琅は蒼白《そうはく》な顔に、びっしりと脂汗《あぶらあせ》を浮《う》かべていた。手にもつ湯飲みがぷるぷると震《ふる》える。

しかし、玖琅はぐっとお茶をいちどきに飲み干し、言い切った。

「秀麗なら大丈夫です！　逆に言えば、秀麗以外の誰《だれ》が黎兄上を舅《しゅうと》にもてるんですか」

「………」

なかなかやるな、と邵可は感心した。理論を逆手にとってくるとは。

邵可にさえ、うっかり「そうかも」と思わせてしまう玖琅は、やはり大人物であった。

● ❋ ● ❋ ●

「……まったく、二人ともくっついてきちゃって……」

秀麗は柴凛の隣《となり》で軒《くるま》に揺《ゆ》られながら、向かいに座る龍蓮と克洵を見て額を押さえた。

龍蓮は物憂《ものう》げに『邵可邸《てい》自給自足・白の集《つど》い編』の作曲に没頭《ぼっとう》し、克洵は窓にかじりついて、見るものすべてが珍《めずら》しいとばかりに、王都貴陽の華《はな》やかな光景に興奮している。

「ていうか、あなたたち全商連に行ってどうするの？」

「僕は春姫と英姫お祖母様に何かお土産《みやげ》を買おうかと。全商連の近くには良いお店がたくさんあるって凜さんに聞いたので」

「ああ、なるほど」

「……それにしても、貴陽への旅で僕も考えさせられました」

克洵はふっと真剣《しんけん》な眼差《まなざ》しで窓の外を見た。

「……茶州がどんなに立ち後《おく》れているか、はっきりわかりました。これから、僕たちでなんとかしなくては……」

垣間見えた茶家当主としての横顔に、秀麗は目を丸くした。

（英姫さんは、このことも見越《みこ》していたのかしら……）

そのとき、柴凜が気づいたように克洵のほうに前屈《まえかが》みになった。

「ところで克洵殿は値切り方を知ってるのかな？」

「え、値切り？」

「馬鹿正直に言われたとおり代金を払《はら》うとカモと見なされて、身ぐるみはがされるぞ」

「ええっ⁉　なんですかそれ⁉　街中で強盗《ごうとう》が頻発《ひんぱつ》するほど城下の治安が悪いんですかっ⁉」

「…………。……その前に、ちょっとお財布《さいふ》を拝見」

克洵が大事に膝《ひざ》にのせている布袋《ぬのぶくろ》を拝借し、中身をのぞいて柴凜は押し黙《だま》った。

「……ああ、これなら大丈夫《だいじょうぶ》か」

「な、何が⁉」

「カモにもならない。百歩譲《ゆず》ってスズメか。うん、まさにスズメの涙《なみだ》という言葉がぴったりだ」

容赦《ようしゃ》のない商人査定に、克洵はよろめいた。聞いていた秀麗も気の毒になった。

「ひどいです柴凜さん！　これでも僕のなけなしのお小遣《こづか》いで」

茶家当主が『なけなしのお小遣い』というのもどうなのか。

「……まあ、奥方にお土産をというその心に免《めん》じて、一筆書いてあげよう。私も新妻《にいづま》だしね。その額ではせいぜい大根三本くらいが関の山だぞ」

柴凜は軒に備え付けてある筆と料紙を出し、さらさらと何事か書きつづった。

「このお店に行って、これを見せなさい。そうすればツケがきくから」

「……り、利子はおいくらですか……？」

「出世払《ばら》いにしてあげよう。これから頑張《がんば》ってくれるんだろう？　茶家当主殿」

こういうところが世知辛すぎる弟・柴彰《さいしょう》と違《ちが》って文句なしにカッコいい。

「で、龍蓮はなんだってついてきたのよ」

「ああ、風流の風が私を呼んだのだ。もうすぐ世紀の大傑作《けっさく》ができる予感がする」

できたら絶対に吹《ふ》くと直感した秀麗は、ハッとひらめいて巾着《きんちゃく》をあけた。

「ま、まあ龍蓮、気分転換にこれでもあがんなさいよ」

差し出された蜜柑《みかん》を見た龍蓮は、カッと目を見開いた。

「たったいま『白の集い・蜜柑の夕べ』が完成した」

「えっ⁉　嘘《うそ》！　早すぎるわよっっ⁉」

「その蜜柑がすべてをつなげた」

秀麗は大失敗を悟《さと》った。蜜柑で『白の集い編』から注意をそらそうとしたのに。

「心の友其《そ》の一には手拍子《てびょうし》を頼《たの》もう。大根を表現する大役だ」

秀麗は頭が真っ白になり、口をぱくぱくとむなしく開閉するしかなかった。

龍蓮は蜜柑が非常に気に入ったらしく、何も載《の》っていなかった頭に髪紐《かみひも》を使って器用に蜜柑をくくりつけた。するとさらに機嫌《きげん》が良くなり、さっと笛を取り出した。

その瞬間、克洵は心から拍手《はくしゅ》を送り、柴凜は覚悟《かくご》を決めたように瞑目《めいもく》した。

――いつも混雑し、にぎわう大通りであったが、その日、大宇宙と交信している一台の軒のために、すべての通行人が道を譲《ゆず》った。

●
＊
●
＊
●

全商連は城下に近い彩《さい》七区とは離《はな》れたところに貴陽支部を置いていた。

軒を使っても邵可邸からずいぶんかかることもあり、勿論《もちろん》秀麗がきたのは初めてだった。

しかし、秀麗はろくに周りの景色など見る余裕《よゆう》もなく、建物内に入った。

（……なんで来る前からこんなに疲《つか》れてんの私……）

たとえ顔見せ程度でも、学舎設立のために資金援助《えんじょ》を願うというかなりの重大事を背負っているはずなのに、今の秀麗には緊張《きんちょう》以前の問題だった。笛の音をかき消そうとやけくそに手を叩《たた》きすぎて、掌《てのひら》がじんじんとしびれている。

ちなみに龍蓮は克洵と一緒《いっしょ》に『新曲を披露《ひろう》しに』軒《のき》を連ねる大通りに出かけていった。

「……じゃ、じゃあ、私のほうの用事から先に済ませてくるから、この室《へや》で待っていてくれ」

柴凜は笑《え》みを浮かべていたが、別室に向かうよろよろとした足取りがすべてを物語っていた。

（ごめ…ごめんなさい凜さん……）

秀麗は心のなかで滂沱《ぼうだ》と涙した。

しんとした室には、秀麗以外誰もいなかった。

ガンガンとした目眩《めまい》がおさまってくると、今度は否《いや》が応にも緊張が高まってきた。

全商連では、工部の管尚書のような奇《き》をてらった手は使えないことはわかっている。全商連がもっとも得意とする駆《か》け引きという手段で、正攻法《せいこうほう》をもって説得させ、交渉《こうしょう》を成立させなくてはならない。

静かなせいで、動悸《どうき》の音が耳鳴りのように響《ひび》いていた。

たとえ挨拶《あいさつ》程度とはいえ、ぐるぐると色々な場面を想定していたせいで、いつの間にかずいぶん時が過ぎていたことにも、柴凜が別室から戻《もど》ってきたことにも秀麗は気づかなかった。

「私のほうの用事は終わったよ、秀麗殿」

「はい！　今行きます！」

「あー、いや――実は幹部たちからこれを預かってきてね」

秀麗は差し出されたものに目を丸くした。

「書翰《しょかん》、ですか？」

「ああ。……まったく、幹部たちは旦那《だんな》様の不在を知った上で私を呼び出したんだな」

柴凜は前髪《まえがみ》をかきあげると、溜息《ためいき》をついて口の中でぶつぶつと呟《つぶや》いた。

秀麗はガサガサと書翰を広げて目を通し――瞠目《どうもく》した。

「……凜さん。私、今から悠舜さんに会いに宮城に行ってきます」

柴凜は目を丸くして何かを言いかけ――苦笑《くしょう》とともに思いとどまる。

「わかった。克洵殿たちとは別の軒を用意してあげよう」

第二章 其は運命の車輪を廻し

「お帰りー。あれ、克洵《こくじゅん》くんだけかい？」

軒《くるま》の音に、邵可《しょうか》がパタパタと迎《むか》えに行くと、そこには克洵しかいなかった。

「はい。秀麗《しゅうれい》さんはなんだか悠舜《ゆうしゅん》さんに会いに登城したらしくて」

柴凜《さいりん》さんに送られて帰ってきた克洵の腕《うで》には、しっかりと新妻への贈《おく》り物がある。

「龍蓮《りゅうれん》くんは？」

「それが、一緒に歩いてたらですね、いきなり『行くところができた』って言って、あっというまにどこかに姿を消してしまって……」

困り切ったような克洵とは反対に、邵可はたいして驚かなかった。

（ははあ、龍連くん、玖琅《くろう》と会いたくなかったかな）

邵可はごく単純にそう考えたのだが、克洵の話にはまだつづきがあった。

「それでですね、龍蓮さんから邵可様にお文《ふみ》を預かったんです」

軽く眉《まゆ》を上げて、克洵から書翰を受け取る。中にきちんとつづられている、滞在《たいざい》のお礼と急な暇《いとま》のお詫《わ》びに邵可は微笑《ほほえ》み――同時に、頭の片隅《かたすみ》で僅《わず》かに勘《かん》が働く。

(龍蓮くんが挨拶に寄る暇も惜《お》しんで動いた……)

何か、注意することがあるかもしれない――ほんの一瞬《いっしゅん》よぎった邵可の鋭《するど》い眼差《まなざ》しに、克洵が気づくことはなかった。

「そうだ、克洵くん、あのね、実は君たちが出かけていくのと入れ違いに私の弟がきてね」

「え、そうなんですか! ぜひご挨拶をさせてください」

『邵可の弟』ということで、克洵はきわめて単純に『邵可其《そ》の二』を想像した。邵可邸《てい》でほのぼのと質素に暮らしていた克洵の頭からは、もうすっかり『秀麗が紅《こう》家直系』という概念《がいねん》は昊《そら》の彼方《かなた》に飛んでいた。ゆえに、『邵可の弟』=『国でも一二を争う名門紅家直系男子(もしかしたら朝賀で会った当主かも)』という繋《つな》がりも、さっぱり浮《う》かぶことはなかった。

「うん、玖琅も茶《さ》家の新しいご当主に興味をもっているだろうから、話をしたがると思うよ。きっと、心構えとか色々と為《ため》になる話をしてくれるよ。ちょっと無愛想だけどね」

「え? ココロガマエ? 無愛想?」

妙《みょう》な単語に克洵が目を点にしたときだった。

「……騒《さわ》がしいですね、邵兄上。客人ですか」

室から出てきた玖琅と顔を合わせた克洵は、蛇《へび》に睨《にら》まれた蛙《かえる》のごとく凍《こお》り付いた。

* * *

「珀《はく》？　そこにいるの珀明《はくめい》よね？」

　全商連から直接登城した秀麗は、悠舜がいるという場所にまっすぐに向かっていた。その途《と》中《ちゅう》、回廊《かいろう》の前を歩く背中が見知ったものであるような気がして、そう声をかけた。

　振《ふ》り返った彼は確かに同期の碧《へき》珀明だった。が――。

「ちょ――ちょっとあんたどうしたのよそんなにやつれてっ!!」

「……お前か」

　いつも堂々とふんぞり返っていたその声も、まるで覇気《はき》がない。幽鬼《ゆうき》が間違《まちが》って午日《ひるひ》中《なか》にさまよいでたような衰弱《すいじゃく》ぶりである。

「たいしたことない。単に仕事が終わらないだけだ。絳攸《こうゆう》様を思えばなんのこれしき……」

　よろよろと珀明が腕に抱《かか》えている大量の書翰を、秀麗はとんでって無理やりひったくった。

「そういえばあんたいま吏《り》部にいるんだったっけ……。絳攸様もすごい状況《じょうきょう》にいるって聞いたけど……吏部尚書《しょうしょ》っていつもお仕事ためまくってるしょうがない人なんですって？」

「……いっとくがお前の一族だぞ」

「えっ、嘘！　紅家の人なの!?」

「そ――」

　そのとき、いきなり珀明の後頭部に何かが直撃《ちょくげき》した。へろへろだった珀明はパタリと倒《たお》れ、すかさずぶつかったものを受けとめた秀麗は目を点にした。

「…………………………蜜柑《みかん》？」

しかも玖琅にもらったものと何やら非常によく似ている気がした。

（……き、気のせいかしら？）

「あ、ちょっとへこんじゃってる。もったいない」

「お前……僕より蜜柑の心配か……」

「あらいやだホホホ。そんなことないわよ。大丈夫《だいじょうぶ》？　珀明」

「とってつけたように言うな」

熟してやわらかいので実質的被害《ひがい》はたいしたことはない。

秀麗は珀明を助け起こすと、ようやくあることに気づいた。

「背、伸《の》びた？」

「少しな。いい加減もう打ち止めだろう。いい、僕の仕事だ。余計なことはするな」

「去年の春にせっせと人の世話焼いてくれたの誰《だれ》よ」

秀麗と珀明は睨み合ったのち、書翰を半分ずつもつことで手を打った。

「あ、もしかして私と一緒にいたから蜜柑投げられたのかしら」

「誰か知らんが、僕が出世した暁《あかつき》には蜜柑をぶつけたことを奈落《ならく》の底で後悔《こうかい》させてやる」

素直《すなお》に「気にするな」と言えないのが碧珀明である。

相変わらずなことを内心嬉《うれ》しく思いながら、秀麗は並んで回廊を歩いた。

「元気そうで良かったわ、って言いたかったんだけど、……あんまり元気そうじゃないわね」

「ふん、お前はそのへこんだ蜜柑の人生に同情するほど愚《おろ》かなのか？」

外側はへこんでも、中身はちゃんと美味《おい》しく熟し切っている――。

ちゃっかり巾着《きんちゃく》にしまいこんだ蜜柑を指差され、秀麗はなるほどと笑った。

「あんた、絳攸様を尊敬してたものね」

「仕事が辛《つら》いのなんて当たり前だ。僕は絳攸様を目指して着実に出世街道《かいどう》まっしぐらだ」

疲労《ひろう》で落ちくぼんではいても、その目には以前と変わらぬ強い光が宿っている。

目指すもののために、どこまでも上へ――。

「珀って、最初から出世に意欲満々よね」

「――お前は違うのか」

「ううん」

秀麗はズレかけた書翰を抱えなおした。その凜《りん》とした横顔に、珀明の眼差しが注がれる。

「出世したいわ。上に行きたいと思ってる。行けるところまで」

生真面目《きまじめ》な珀明の顔が、微《かす》かにゆるんだ。

「当然だ。それが、他人を蹴落《けお》として及第《きゅうだい》してきた、僕たちの役目だ。誰かを踏《ふ》み台にしたときから、背負っているのは自分だけじゃなくなったんだ。潰《つぶ》してきた未来のぶん、僕たちは出世しなければならないんだ。どこまでも上を目指して、下でのたくってるヤツらに、悔《くや》しかったらここまで来てみろと高笑いする醍醐味《だいごみ》を教えてやらんでどうする」

全財産をはたいて、一族の期待を背負って。毎朝毎晩机案《つくえ》にかじりつき、長い旅路を経て、人生と将来を賭《か》けて国試に臨《のぞ》んだ受験者たちを、自分たちは踏みつけて及第した。

落第しても、また一からやり直して上を見上げ、もう一度人生を賭ける価値があるのだと、及第した自分たちが示さなくては、彼らが払《はら》ってきた犠牲《ぎせい》と努力も無意味になる。

「最後の国試だった奴《やつ》もいるんだ。そいつらに『あの碧珀明と同じ年に国試を受けた』くらいの自慢《じまん》話をさせてやらんと哀《あわ》れだろう。名誉《めいよ》くらい持って帰らせてやらんとな」

秀麗は笑った。高飛車で偉《えら》そうで、努力という名のもとに一本芯《しん》の通った本物の自尊心。

「――そうね。その通りだわ」

「ふふん、十年後が楽しみだな。見てろ、今度は僕が先に行く」

珀明が絳攸を目指して及第してきたように、いずれ誰かが珀明を目指して及第してくる日が、きっとくるだろう。そして自分もまた、誰にも恥《は》じることのないように――。

遥《はる》かなる高みへ。

「――なのにあの笛吹馬鹿《ふえふきばか》め！　受かった途端《とたん》にどこぞへトンズラこきやがって。今度僕の目の前に現れたらスマキにして漬《つ》け物石くくりつけて海の底まで沈《しず》めてやるっ」

なんだか吏《り》部に行ってからずいぶん語彙《ごい》が増えたと秀麗は感心した。自分と違って正真正銘《しょうしんしょうめい》彩七家のお坊《ぼっ》ちゃんだった珀明の口から「トンズラ」とか「スマキ」という言葉が聞けるとは。

（吏部で日常茶飯事《さはんじ》……なわけないわよねぇ。六部一の精鋭《せいえい》官吏集団だし……）

〝悪鬼巣窟《あっきそうくつ》〟吏部の内実を知らない秀麗は、増えた謎《なぞ》にハテと首を傾《かし》げると同時に、これ以上珀明を興奮させないようにと、その『笛吹馬鹿』の所在地には口をつぐんだのであった。

吏部の役所が近づいてきたのを見て、二人は回廊で立ち止まった。

「礼なんか言わないぞ」

「はいはい、どういたしまして」

「……小動物のほうも、五体満足で生きてるんだろうな」

その問いに、秀麗はすぐには答えることができなかった。

……貴陽《きよう》にくる前から、歯車がずれるように何かが変わりつつあった影月《えいげつ》。

それと同時に、秀麗の心にも抜《ぬ》けない棘《とげ》のように何かがずっと引っかかっている。

出立前の、影月の言葉に、何か——。

「おい？」

「あ、ううん、ちゃんと元気でいるわよ。大丈夫」

珀明は眉《まゆ》をひそめたが、それ以上は何も言わずに秀麗から書翰《しょかん》を受けとり、別れた。

そして秀麗は、六部よりさらに奥——悠舜がいるという宣政殿《せんせいでん》に向かった。


丹鳳門《たんぽうもん》をくぐると、辺りは一気に静まり返る。

正面の正殿を中心に、中央省庁を配置したこの蒼明宮《そうめいきゅう》こそが、まごうことなき国の最高機関であった。

全商連からの文《ふみ》を思えば気は焦《あせ》ったが、さすがにここで走るわけにはいかなかったので、落ち着くためにもなるべくゆっくり歩いた。

そうたたずに、どこかぼうっと別なところを向いてぽつんと佇《たたず》む人影《ひとかげ》を発見した。

「悠舜さん！」

「え？　ああ、秀麗殿。私に会いたいと言付けをなさったのはあなたでしたか」

はじかれたように秀麗を見た悠舜は、少し妙《みょう》な動きをした。

なぜか手にしていた包みと秀麗を見比べ、納得《なっとく》したかのように何度か頷《うなず》いたのである。

「……悠舜さん？　その包みがどうかしたんですか？」

その途端《とたん》悠舜は何とも言えない顔をした。悠舜にしてはなんとも珍《めずら》しい、苦笑《くしよう》半分、呆《あき》れ半分の笑顔《えがお》で――ついと手にした包みを秀麗に差し出した。

「……預かりものなのです。とある人からあなたへの贈《おく》り物だそうですよ」

「え？　私にですか？　誰からです？」

悠舜は何と言ったものか考えこんだ。当人からは名を明かさず「親切で優《やさ》しくて素敵な」をつけろと言われたが、友人とはいえ悠舜はそこまで嘘《うそ》をつけなかった。そこでこう言った。

「おかしな人ですが、あやしい人ではありません。受けとって差し上げてください。よく状況はわかりませんが、『こっちのほうがずっと美味しい』だそうです」

「は？」

とりあえず受けとった秀麗は、包みからのぞいているものを見て眉を上げた。

しっかり巾着《きんちゃく》にしまっておいたへこんだ蜜柑と、玖琅からもらった蜜柑を取り出す。その二つと、手渡《てわた》された包みの中の蜜柑は明らかに同じものだったが、繋《つな》がりがまるでわからなかった。というか、……なぜ今日はこんなに蜜柑《みかん》と縁《えん》があるのだろう。

ふと、秀麗はさっきの珀明を思い出して悠舜を振《ふ》り仰《あお》いだ。

「そういえば悠舜さん、吏部尚書って紅一族のかたなんですか？」

すかさず笑顔で綺麗《きれい》に動揺《どうよう》を押し隠《かく》した悠舜はさすが年の功と言える。

「おや、なぜですか？」

「同期が吏部に在籍《ざいせき》してるんですけど、なんだかお仕事をあんまりしない、しょうがない人みたいで。噂《うわさ》じゃ、絳攸様もいつもたくさんお仕事押しつけられてるとかって……」

「…………」

悠舜は嘘がつけなかった。

「その、今、うちに紅家の叔父《おじ》様がいらっしゃってて……うちの父と違って、すごく優しくてしっかりしていて素敵なかたなんですけど、その方を通じて『お仕事をちゃんとしてください』とかってお願いするのって……やっぱり出過ぎ……ですよね……」

「秀麗殿」

悠舜はいつも以上に慈愛《じあい》に満ちた微笑《ほほえ》みで秀麗を見つめた。

「大丈夫ですよ。何も仰《おっしゃ》らずとも、秀麗殿のお優しいお心は近いうちに必ずや通じましょう。数日中に、李《り》絳攸殿《どの》もその同期のかたも、きっと大変なお仕事から解放されると思いますよ」

蜜柑を預けた『しょうがない男』（悠舜は『どうしようもない男』のほうが正しいと思うのだが）が、飛ぶように仕事場に戻《もど》っていくのを視界にとらえた悠舜はそう断言した。

どんなに仕事が山積していようが、彼が本気を出したらすぐに片が付く。悠舜は少女の優しさにしみじみと心を打たれた。たとえ一時《いっとき》とはいえ——。

「……これで吏部も悪夢から救われるでしょう」

「え？」

「いいえ。とりあえず吏部の件より先に、全商連の案件を片づけませんとね」

「いえ、それが——」

秀麗はサッと顔色を変えて、懐《ふところ》から全商連で預かってきた書翰をとりだした。

「……さっき、凜さんと一緒《いっしょ》に行ってきたんです。そうしたら、それだけ渡《わた》されて——」

悠舜は軽く目を瞠《みは》ると、書翰を受け取り、素早《すばや》く目を通した。けれど、秀麗の予想と違い、その優しげな表情が一変することはなかった。

「その、ご挨拶《あいさつ》だけでもって、粘《ねば》ったんですけど……」

秀麗はぎゅっと拳《こぶし》を握《にぎ》りしめた。

書翰には、とても短い文が記されていた。

『柴凜からお話は伺《うかが》いました。現在の茶州州牧たちとお会いする気はありません。鄭《てい》悠舜殿もいらっしゃらなくて結構です』

……徹底《てってい》した、拒絶《きょぜつ》だった。自分一人ではなく、悠舜と一緒に行っていたら、何かが違っていたかもしれないのに。

軽率《けいそつ》な行動を後悔《こうかい》して白くなるほど握りしめた拳を、悠舜は優しく叩《たた》いた。

見上げると、悠舜はにっこりと笑っていた。

「どうしてそんなお顔をなさるんですか？　秀麗殿。これで私たちのお仕事は終わりました」

「え？」

「全商連との交渉《こうしょう》は私たちの不戦勝です。これで茶州に帰れますよ」

秀麗は穴があくほど悠舜の穏《おだ》やかな笑顔を見つめた。

「…………え？」

◉　◉

その日、吏《り》部で奇蹟《きせき》が起きた。

百戦錬磨《れんま》〝悪鬼巣窟〟吏部の猛者《もさ》たちも、いったい何が起こったのかわからなかった。

素直に滂沱《ぼうだ》と涙《なみだ》を流して喜ぶ人格未改造の者（主に新人）、一厘。

これは願望の見せる夢だと柱に頭をぶつける者、五割。

現実だろうが夢だろうがどうでもいいと、徹夜《てつや》続きで笑いながら仕事をする者、二割。

未曾有《みぞう》の大陰謀勃発《だいいんぼうぼっぱつ》の可能性ありと、監査《かんさ》の御史台《ぎょしだい》に文を飛ばす者、一割。

他、無意味に転がる者、くるくる踊《おど》り出す者、鳥になる者、池の鯉《こい》に餌《えさ》をやる者、遺書を書く者、舟《ふね》を漕《こ》ぐ同僚《どうりょう》を殴《なぐ》り起こす者などなどが九分九厘《くぶくりん》。

そして吏部でも精鋭《せいえい》中の精鋭、残り一割の官吏は、長官の『本気』を知ると、一切《いっさい》の無駄口《むだぐち》を叩かず、侍郎・李絳攸のもとにすかさず一両日中完全決裁戦闘《せんとう》態勢を敷《し》き、このまたとない奇蹟《きせき》を欠片《かけら》も無駄にしないように万全《ばんぜん》の指揮系統を打ち立てた。

……長官が最後の決裁を終えたとき、吏部から数え切れないほどの魂魄《こんぱく》が飛んでいったのを、絳攸は確かに見たと思った。

『ふ……吏部尚書として当然のことだ』

優雅《ゆうが》に扇《おうぎ》をひらき、朝日に向かってさわやかに微笑む吏部尚書。

ありえない長官の姿に、誰《だれ》一人として彼に何が起こったのか訊くことはできなかった。ただ、長官がとある蜜柑を買い占《し》めたという情報が舞いこんだため、吏部ではその後しばらくその蜜柑を各部署で祀《まつ》り、旬《しゅん》を過ぎるまでよく拝んでから仕事を始めるのが日課となった。

「……暇ができたのがいまだに信じられん……」

侍郎室がこんなに広く清々《すがすが》しかったとは未《いま》だかつて夢にも思わなかった。

冬の陽射《ひざ》しがまぶしすぎて涙が出そうだった。日の光を浴びたら雪より早く溶《と》けるはずだ。

(邵可様に会いたい……)

絳攸は切実にそう思った。とにかく色々と癒《いや》されたい。

が、途端《とたん》に玖琅叔父の言葉が蘇《よみがえ》った。

『秀麗との結婚《けっこん》だ』

……がっくりと額を机案《つくえ》にぶつけるように突《つ》っ伏《ぷ》す。

今まではたまりまくった仕事に追われて考えずにすんでいたが、綺麗に片付いてしまった今となってはそうもいかなかった。

とはいえ、干物《ひもの》のごとく何もかもしぼりつくしたなかには、思考力も入っている。今の絳攸には、ろくに物事を考える気力もなくなっていた。

ひと言でいえばもう何が何だかよくわからない状態だった。

(もうどうでもいいからとりあえず癒されに行こう)

黎深《れいしん》に会いに行くのを避《さ》けるだけの理性はかろうじて残っていた絳攸であった。

●❋●❋●

その日も、秀麗は登城した。

巾着《きんちゃく》には、昨日どなたかからいただいた蜜柑をおやつにいくつか入れてある。昨夜その蜜柑を持ち帰ったら、なぜか玖琅と父はかなりのあいだ沈黙《ちんもく》していた。

ちなみに昨夜の夕餉《ゆうげ》はなんと玖狼がつくってくれていた。龍蓮がまたまたどこぞへ消えたことに関してはいつものことなのでさほど驚かなかったが、これにはさすがに仰天《ぎょうてん》した。克洵が手伝ったというそれらのご飯は(慣れない料理に神経を使ったせいか、克洵は妙にげっそりしていた)大変美味《おい》しく、秀麗はますます玖狼叔父が好きになった。

(それにしても、どうして、『仕事が終わった』なのかしら……)

秀麗はずっとそのことを考えていたが、やはりまるでわからなかった。

あのあとすぐに、悠舜は誰かからお呼びがかかってしまったので、秀麗はそれ以上訊くことができなかった。悠舜の微笑《ほほえ》みから、あきらめたわけではないことは察せられるが――。

なので、今日改めて訊きに行こうと登城したのである。

貴陽に邸《やしき》のない悠舜は、宮城のなかに用意された室《へや》に滞在《たいざい》している。その官舎のほうに足を向けながら、秀麗は急に濃《こ》くなってきた冷気にぶるりと身を震《ふる》わせた。ふと顔を上げると、曇《どん》天《てん》から羽毛のようにはらはらと雪が舞《ま》い落ちてきた。

「わ…降ってきちゃった」

ひゅう、と一陣《いちじん》の風が吹《ふ》き抜《ぬ》ける。身を切るような凍《こご》えた風に思わず目を閉じかけ――雪のなかに舞う鮮《あざ》やかな紅に気づいて瞠目《どうもく》する。

ひらり、と秀麗の指先にとまったそれは、雪のように溶けはしなかった。

「え……これ、まさか薔薇《ばら》の花びら……？」

真冬に――？

驚《おどろ》いて首《こうべ》を巡《めぐ》らせ――いつのまにか庭院に佇《たたず》んでいた人物に気づく。

秀麗の目がくっと見ひらかれる。

落雷《らくらい》が、全身を突き抜けたような気がした。

ゆるく編まれた髪《かみ》は白銀。ひとしずくだけ月の光をとかしこんだようなその色は、舞い散る雪のなかでいっそう冴《さ》え冴えときらめく。影《かげ》が揺《ゆ》れるように音もなく庭院から階《きざはし》にあがり、ま

っすぐに秀麗を見つめるその眸《ひとみ》は闇夜《やみよ》のごとき漆黒《しっこく》。雪にあおられてのぞく額も、羽織ってい
た綾布《あやぬの》をとりさる指先も、青ざめて見えるほどに白く。

早足どころか、時がその流れを止めたかのようにゆったりと歩いているのに、気づけば男は
秀麗のすぐ前に立っていた。

夜の眸を縁取《ふちど》る長い睫毛《まつげ》さえ白銀。

けれどもっとも目を惹《ひ》いたのはそのどれでもなく――。

秀麗はなぜか寒さとは別の意味で小刻みに震えている自分に気がついた。

縫《ぬ》い止められたように動けない秀麗を、男は自分の肩《かた》からはずした綾布で包みこんだ。

感じたのは、暖かさとはまるで別の、芯《しん》まで凍《こお》るような――恐怖《きょうふ》。

ゆっくりとその薄《うす》い唇《くちびる》が会心の笑《え》みにほころぶ。

氷の微笑《びしょう》。

わけもなく震える秀麗を熱心に見つめる闇色《やみ》の眸は、まるで心の奥までからめとるかのよう
に深く、それでいて、彼は秀麗を見てはいなかった。

青白い指先が花を愛《め》でるように秀麗の頬に伸《の》びる。

まさに、その指先が触《ふ》れようとしたとき――。


「秀麗!!」

いまだかつて聞いたことのない父の切り裂くような鋭《するど》い声が、呪縛《じゅばく》を断《た》ち切った。

はらりと、秀麗の肩から綾布が回廊《かいろう》に沈《しず》んだ。


「悠舜殿《どの》のところに行くんだろう？ 早く行きなさい」

父の厳しい顔の理由も、どうしてここにいるのかも、秀麗は訊《き》けなかった。

父の言う通り、一刻も早く逃げ出さなくてはと、思った。

それでも最後の理性で回廊に落ちた綾布を拾い上げ、男に差しだした。

「あ…りがとうございました」

声も、手も、そうとわかるほど震えた。

男は秀麗の行動に僅《わず》かに瞠目すると、銀の髪を揺らして微笑んだ。

綾布を渡《わた》したあと、秀麗は男の視線から逃《のが》れるように後《あと》も見ず走り出した。

その背に注がれる視線を、邵可が遮《さえぎ》る。いつも浮《う》かべる穏和《おんわ》な微笑からは考えられぬ——視線だけで射殺せるような冷酷《れいこく》なる殺気が、その場に渦巻《うずま》く。

それを受けた男の夜のような眼差《まなざ》しが閉じ、次にひらいたときには、邵可に対するまぎれもない憎悪《ぞうお》と瞋恚《しんい》の焔《ほむら》が宿っていた。

くつくつと男は喉《のど》の奥で笑った。

「君は……どこまで私のものを奪《うば》えば気がすむんだ？　紅邵可」

光も射しこまぬ湖底のような、深い声音《こわね》だった。

二十前半の容貌《ようぼう》ながら、まるで目下のごとき侮蔑《ぶべつ》をもって邵可を呼ぶ。

「我が一族をあまた惨殺《ざんさつ》し、珠翠《しゆすい》を奪い、──私の薔薇姫《ばらひめ》を奪って」

邵可の感情の消えた双眸《そうぼう》は揺らぎもせず、雪にも負けぬほど冷ややかにただ男を貫《つらぬ》く。

「善人面《づら》をしてのうのうと暮らしていたとは……さすがは良心を母親の胎内《たいない》に残して生まれ出るという紅家の長男らしい。私も長く生きたが、君ほど紅一族らしい男は見たことがないよ」

次の瞬間《しゆんかん》、風切り音とともに、男の白い頰がぱっくりと裂ける。

「──娘《むすめ》の前に、二度と姿を現すな」

「相変わらず身の程《ほど》を知らぬ男だ……。君に私は殺せないよ。あのときも命からがら貴陽に逃げ込んだのを忘れたのか？　ましてや薔薇姫も若さもなくなった今の君に」

「貴様も」

一切《いつさい》の感情を排《はい》す淡々《たんたん》とした邵可の声が激しさを増す雪のなかに響《ひび》く。

「私を仕留めきれなかった」

一拍《いつぱく》おいて、男は唇をゆるめた。

「……本当に変わらない。後にも先にも、これほど憎《にく》んだのは君だけだよ、邵可」

裂けた頰からトロリと流れる血をぬぐい、邵可に向かって音もなく歩き出す。

流れた袖《そで》の色は、夜明けの薄藍《うすあい》。

「それでも、礼を言おう。私の愛する薔薇姫と、もう一度会わせてくれたことにはね」

「あの娘《こ》は薔薇姫じゃない」

男はうっすらと微笑んだ。

「知っているよ。私の薔薇姫は月さえ霞《かす》むほど美しかった」

官服ではない見事な衣裳《いしょう》には、花びらごとに色が違《ちが》う花が散っている。八の花弁それぞれで八色《やくさ》を示す、彩雲華《さいうんか》。細い雲がたなびき、そこからのぞくのは欠けるものぞなき望月《もちづき》。

「私の薔薇姫ではないけれど、見つかった今、私のものを返してもらうよ」

すれ違う。

舞う雪さえ溶《と》けそうなほどの殺気が渦巻き、交《か》わす視線は互《たが》いに氷のように。

邵可の言葉を封《ふう》じるように、男の笑みがますます深くなる。

「私のものだよ、邵可」

もう一度、彼は告げた。ゆるく編んだ白銀の髪がたなびき、沓音《くつおと》が高く響く。

邵可はふと、視線を背後に向けた。

「……珠翠《しゅすい》、いい。無理をするな。さがってなさい」

倒《たお》れそうなほど青ざめた顔の珠翠が、邵可の後ろに現れ——そして後じさった。

男は、真夜中の眸《ひとみ》でかつて一族にいた娘に視線を送る。

「私から薔薇姫を奪ったあげくに殺して、珠翠を兇手《きょうしゅ》にし、今なお利用しつづけるか。君らしいよ、冷酷無比な死の運び手。先代黒狼《こくろう》を殺したとき、君の存在に気づけばよかったよ」

珠翠はとっさに反駁《はんばく》しようとしたが、本能的な恐怖のあまり声が出なかった。

──何十年も同じ姿のままで君臨しつづける、一族の長。

回廊の向こうに、月と彩雲華を散らした夜明けの衣が消えていく。

縹家《ひょうけ》直紋《もん》〝月下《げっか》彩雲《さいうん》〟──そのなかでも望月の紋を使えるのは一族でただ一人。

異能を操《あやつ》る神祇《じんぎ》の血族──縹家当主、その人のみである。

● ❋ ● ❋ ●

むちゃくちゃに回廊を駆《か》けていた秀麗は、急に誰《だれ》かに腕《うで》をとられてたたらを踏《ふ》んだ。

「どうなさったんです、お嬢様《じょうさま》」

「静蘭《せいらん》！」

本当に偶然《ぐうぜん》、爆走《ばくそう》している秀麗を見つけたのだが──雪が降るほど寒い日だというのに、息を切らして額に滝《たき》のような汗《あせ》を流している秀麗に静蘭は不審《ふしん》な顔をした。

「……何か、ございましたか？」

秀麗は優《やさ》しい静蘭の顔を見て、泣きたくなるほどホッとした。

脳裏《のうり》から、夜の化身《けしん》のような青年の姿が離《はな》れない。

氷の微笑《びしょう》。

この世のものではない、ぬぐいがたい違和《いわ》感。

何もかも退屈《たいくつ》でつまらないと言っていた茶朔洵《さくじゅん》でさえ、『生きて』、いたのに。

あの人は、違う――。

優しくしてくれたのに、思いだすと背筋に震《ふる》えが走る――恐怖の理由がわからない。

「なん……なんでもないの」

「なんでもないわけないでしょう。震えていますよ」

静蘭に二の腕をとられ、秀麗は観念した。こういうときの静蘭は絶対に引かない。

秀麗は、訊くべきではないと心のどこかで思いながら、震える唇をひらいた。

「あのね、静蘭……その、色の違う八枚の花弁の華《はな》をあしらった家紋って……見たことある？」

秀麗も数多《あまた》ある家紋のすべてを覚えているわけではない。むしろそういった家教育はほとんど受けていないので、知っているのは本当に有名なものだけといっていい。なので、知らない家紋があるほうが多いのは当たり前なのだが――。

薄い、藍色《あいいろ》。

王家の旧姓《きゅうせい》――蒼《そう》氏にも通じるような、あの色が、何かを告げる。

不意に、つかまれていた二の腕が圧迫《あっぱく》を受けた。

「……どこで、それを見たんですか」

静蘭を見上げた秀麗は息を呑《の》んだ。

いまだかつて、これほど鬼気迫《ききせま》る顔をした静蘭は見たことがなかった。

「さっき……会って」

「会…った⁉　この城でですか⁉」

「ええ……。静蘭、どうしたの？」

静蘭はようやく、今の自分がどんな顔をしているか思い至り、冷静になろうと努力した。

「お嬢様が……会ったんですか？　何か、されたりとか」

「雪…が降ってきたから、その人が自分の衣《ころも》をかけてくれようとしてくれて」

父が寸前で割り込んできたことは、なんとなく言えなかった。

静蘭は妙《みょう》な顔をした。何かを考え込むようにその双眸《そうぼう》が色濃《いろこ》くなる。

「……月、は、ありましたか」

「月？」

「家紋と一緒《いっしょ》に、月の絵など」

「……そういえば、満月が描《か》いてあったわ」

くっと、静蘭は瞠目《どうもく》した。

「満…月——」

秀麗の腕から手を放し、表情を隠《かく》すように自らの額を覆《おお》う。

「……静蘭？」

「いえ……なんでもありません」

静蘭は精一杯《せいいっぱい》笑ってみせた。

「……少し、気になることがあるので、そのかたのことはこちらで調べてみます。それまで誰にも言わないでもらえますか？」

　はっきりと答えを告げられないことで、秀麗は逆にホッとした。

　あの人は、誰――その、開いてはいけない扉《とびら》の向こうの答えを訊《き》かずにすんでよかったと。

「……わかったわ」

「すみません、送って差し上げたいのですが……」

「ああ、いいのよ。お役目があるんでしょう？」

　秀麗は静蘭をじっと見つめて、今度こそ心から笑った。

「静蘭が誰かと飲んで帰ってこない日がくるとは思わなかったわ」

　静蘭はうっと言葉に詰《つ》まった。

　羽林軍で連日飲みっぱなしだったせいで、酔《よ》いを覚ましても酒気はどうしても抜《ぬ》けず、邵可邸《てい》に戻《もど》ったときはしばらく秀麗にも近づけなかったくらいだ。

「……す、すみませんあのときは……」

「どうして？　嬉《うれ》しいわ。若いくせに、静蘭たら私と父様の世話ばっかり焼いてるんだもの」

「若い……」

「心配だったのよ。全然遊ばないし、羽目もはずさないし。私や父様に、話せないことだって絶対あるはずだし。今は燕青《えんせい》もいないし。ふふ、自慢《じまん》の家人が、羽林軍でも人気者なんて、嬉しいわ。それに、なんだか、少し吹《ふ》っ切れたのね？」

　静蘭は微笑《びしょう》した。

「……お嬢様、もし私が役立たずになったらどうします？」

秀麗は目を丸くした。

「なに、それ？　ああ、老後のこと？　大丈夫《だいじょうぶ》よ、もし静蘭がボケて、そのとき奥さんも子供さんもいなかったりしたら、ちゃんと私が面倒《めんどう》見るわよ」

役に立つか立たないかなど、一緒にいることの理由でもなんでもないのだと。

考えるまでもなくそう思ってくれている秀麗に、静蘭はますます微笑む。

「ありがとうございます、お嬢様」

「へんなこと訊くわねー。ほら、行くところがあるんでしょう？」

「お嬢様は、これからどちらへ？」

秀麗はちょっとうつむいた。

さっきまで悠舜のところへ行こうと思っていたが、……なんだかそんな気も失《う》せてしまった。

まだ、あの銀髪《ぎんぱつ》の青年の面影《おもかげ》が、くっきりと脳裏に焼きついて離れない。

どこか静かなところで、ゆっくりと落ち着きたかった。

「……府庫《ふこ》に、行ってくるわ」

●❋●❋●

（ふ、府庫はどこだ……）

絳攸がその事実を認めるまでにかなりの時間を要した。

ある扉の前で立ち止まり、絳攸は一人ダラダラと冷や汗を流した。

府庫はいかなるときでもなんとか迷わずに辿《たど》り着いていた、いわば絳攸にとって最後の砦《とりで》であった。それさえわからなくなった事実を、絳攸は頑《がん》として認めたくなかった。

（あ、ありえん。なんだこれは！　夢か⁉　悪夢か⁉　実は眠《ねむ》ってるだろ俺！）

府庫に辿り着けなかったら、……帰り道もわからない。

主上の側近・若手随一《ずいいち》の出世頭《がしら》吏部侍郎、宮城で迷って、餓死《がし》。

比喩《ひゆ》でなく文字通りひからびた自分の姿が思い浮《う》かぶのを、必死に追い払《はら》う。

（そんな間抜けな死に方絶対できるか――――っっっ‼）

俺は迷ってない、と自分に言い聞かせている絳攸には、道行く人に「府庫はどこですか」などとは死んでも訊けなかった。なぜなら自分は迷っていないからだ。絶対迷ってない。

（ちょ、ちょっと疲《つか》れてるだけだ。こう、目を休ませれば――）

しかし何度瞬《まばた》きをしても見覚えのない光景は変わらない。絳攸はぎりりと歯を鳴らした。

「ふ、府庫……は」

「はい？　もう着いてらっしゃるじゃないですか絳攸様」

すぐ後ろまで追いついていた秀麗は、そう答えた。

扉の前で発見した、石像のように動かない人影《ひとかげ》とその理由まで察した秀麗は、絳攸の矜持《きょうじ》を傷つけないように、何気ないそぶりですぐ横手の扉を引き開けた。

「いつもと違《ちが》って裏側からいらっしゃったんですね」

その扉の向こうには、膨大《ぼうだい》な巻書の並ぶ棚《たな》が延々と連なる、見慣れた光景があった。

しかし、今の絳攸にはそれさえ見えなかった。

心の準備もなくいきなり背後からかかった声に、真っ白になっていた。

「絳攸様？　どうしたんですか？」

訝《いぶか》しげに首を傾《かし》げてのぞきこんでくる秀麗を認識《にんしき》した途端《とたん》。

『すでに見合い話を届けてある』

脳裏《のうり》に大音量で玖琅の言葉が反響《はんきょう》し、よろめいた絳攸は後頭部をまともに扉の角で打った。

ドガゴン、と世にも悲しい音がして一拍《いっぱく》──絳攸はあまりの激痛に床《ゆか》に座り込んだ。

「〜〜〜〜〜〜っっっ!!」

「だ、大丈夫ですか絳攸様⁉　い、いまものすごい音がしましたよ⁉」

「──っ、へ、平気、だ！」

むりやり立ち上がって後ずさると、あると思っていたところに扉がなく──絳攸はたたらを踏《ふ》んで後ろ向きに府庫に入った。

「あー！　絳攸様うしろに椅子《いす》が！」

しかしその忠告も間に合わず、椅子に引っかけられた絳攸は見事に足をすべらせ、今度は卓子にもう一度後頭部から激突《げきとつ》したのだった。

──しばらくして。

「……お疲れなんですね絳攸様……」

秀麗は濡《ぬ》らした手巾《てぬぐい》を絳攸に渡《わた》しながら、しみじみとそう呟《つぶや》いた。

絳攸はもう何を言う気力も失せ果て、黙《だま》って手巾を後頭部に当てた。

「そういえば、お仕事は終わったんですか？」

「あ？　ああ……まあ、なんとか奇跡的《きせき》にな……」

原因不明のちょっと気味悪い奇跡ではあったが。

秀麗はそれを訊くと、目を丸くした。……すごい、悠舜の予言が当たっている。

「お疲れさまでした」

「……なんか別の意味でどっと疲れたがな……」

素直《すなお》に奇跡と喜ぶには、絳攸はあまりにも黎深を知りすぎていた。

（……それにしても、もしや聞いてないのか？）

少しばかり顔色が青く、静かな気もするが、秀麗はいつもとたいして変わらない。もしや例の件を知らないのかと考えると、心の余裕《よゆう》が出てきた。

そこで、ようやく回り出した頭で玖琅の提案を試《ため》しにぼーっとこねくりまわしてみた。

（秀麗と結婚《けっこん》すると……はっ、邵可様が俺の義理の父になるのか！）

それは絳攸にとってものすごく素晴らしい話だった。黎深と邵可で、ちょうどナニかの釣《つ》り合いがとれるような気がする。父茶などちょっとした問題に過ぎない。だが。

（……秀麗の義理の父も黎深様になるのか……）

それは秀麗にとってかなりの不幸だ。しかも絳攸にとっても——今だって邸《いえ》を訪ねるだけで抜け駆《が》けだなんだと散々嫌《いや》みや恨《うら》み言を言われているのに——『旦那《だんな》』になったら陰《かげ》でどんな被害《ひがい》を受けるか考えるだに恐《おそ》ろしい。絳攸にかこつけて今以上に秀麗の周りにポコポコ神出鬼没《しんしゅつきぼっ》しそうでもある。

(あー……静蘭もかなりの確率でついてきそうな気がするしな……)

なんだか結婚というよりいじめられに行くような気分になってきた。幸せはどこだ。

(……そう考えると、秀麗と結婚する男は相っ当の根性《こんじょう》と覚悟《かくご》を要するわけか……)

かなり他人事《ひとごと》な感じでそう考えるとともに、いまだにあきらめない劉輝《りゅうき》に心底感心した。

(あれは、根性だけは本っ当にあるよな……)

しみじみとそう再確認する。

秀麗と結婚すると言ったら、ぴーぴー泣く……ことはなく、多分、ちょっと笑って「そうか」とだけ言うだろう。何一つ束縛《そくばく》することのない彼は、その覚悟もしているはずだった。

劉輝はきっと変わらない。

けれど、絳攸のなかで何かが変わるだろう。劉輝に対しても、秀麗に対しても。

いま、このとき、紅家や秀麗や自分の事情も何もかも抜《ぬ》きにして、絳攸は純粋《じゅんすい》に、それはあまり嬉《うれ》しくないと、そう思った。

(なんだ、そうか)

ふと、なんだか妙《みょう》におかしくなって、絳攸は笑い出した。

自分は現状で充分満足《じゅうぶん》しているのだと、気づいた。

黎深の助けになれたらと思う。誰《だれ》はばかることなく、紅家の一員になれることも惹《ひ》かれる。

けれど――今のところ、どうやらこれで自分は幸せなのだ。

……玖琅の言葉が的を射ているのは間違《まちが》いない。

状況《じょうきょう》を鑑《かんが》みて政略的に判断し、いつかそういう選択《せんたく》をする日が来るかもしれない。

けれどそれは、決して誰かに対して後ろめたい決断であってはならなかったし、そもそも今はまだ、単なる未来の可能性の一つに過ぎない。

(……あー……玖琅様の掌《てのひら》でいいように操《あやつ》られてたな……)

ついうっかり大問題に直面している気がしたが、よく考えれば全然そんなことはなかった。

――一方、百面相をしまくっている絳攸に、秀麗は青くなっていた。

さっきの銀髪の青年が気になってついつい考え込んでいた秀麗だったが、絳攸の異変に気づいたときからそんなのはどこかへ吹き飛んだ。

扉《とびら》に頭をぶつけたことからしてちょっとおかしかったが、これはただごとではなかった。

(わ、笑ってるし!)

まずい、相当打ち所が悪かったとしか思えない。

「そ、そうだ、絳攸様。蜜柑《みかん》食べましょう蜜柑!! おやつにもってきたんです!」

ビシッとつきつけられた蜜柑を見て、絳攸は固まった。

――蜜柑を大量購入《こうにゅう》したという上司。

（……れ、黎深様……）

誰も訊《き》けずにいた宇宙の神秘にも優《まさ》るトアル謎《なぞ》が一つ解けたことを絳攸は知った。

やはりというかなんというか、吏部の悪夢を救ったのはこの少女であったのだ。


「そういえば邵可様はどこだ？」

秀麗と卓子に並んで蜜柑を剝《む》きながら辺りを見渡《みわた》したが、やはりいない。

「……さっき回廊《かいろう》で会ったんですけど……」

秀麗の脳裏に、再びさっき出会った青年の姿がよぎる。

父も、いつもと少し様子が違っていた。

「そうか、いないのか」

そして絳攸は妙に複雑な気持ちで例の蜜柑を剝いた。

「……最高級品質の紅州産蜜柑か。紅家が秘蔵の改良法を加えていて、かなり貴重なやつだ」

「え、そうなんですか⁉　知らないかたに、こんなに頂いちゃってよかったのかしら……」

「……もらえるものはもらっとけ……」

心なしか絳攸の蜜柑を剝く速度が増した。

「よく、無事で帰ってきたな」

絳攸は朝賀の時の秀麗を思い出した。思えば落ち着いて話をするのはこれが初めてだった。

「成長したな」

「だと、いいんですけれど。絳攸様にそう言われるのがいちばん嬉しいです」

ほのぼのとした空気が漂《ただよ》う。

「……そういえば絳攸様、ちょっとお伺《うかが》いしていいですか？」

「なんだ？」

「その、大きな案件を通すときですね、あるところに協力要請《ようせい》を頼《たの》んだら、話をする必要はないって断られたとして」

ふと、絳攸は秀麗に視線を向けた。

「でも、『不戦勝』っていうのは、どういうことだと思いますか？」

「……全商連か」

「ば、バレバレですね……」

「噂《うわさ》は聞いているからな。一つ言い当ててやろうか。お前が一人で行ったときのことで、かつ鄭悠舜殿《どの》はこなくていいって言われたろう」

「な、なんでわかるんですか⁉」

「俺が全商連でもそうするからな」

絳攸は蜜柑をぺりぺりと割った。

秀麗が工部尚書管飛翔《かんひしょう》を攻略《こうりゃく》したのち、鄭悠舜は本領発揮とばかりに精力的に水面下で動いた。水も漏《も》らさぬ構えで次々と先手を打ち、各中央省庁に単独でさぐりを入れ、うまく言質《げんち》を取って次々と内諾《ないだく》を引き出すあの手腕《しゅわん》は、耳にするたび唖然《あぜん》としたものだ。

噂には聞いていたが、まさかここまで駆け引きに長《た》けているとは絳攸も思わなかった。

(俺だって悠舜様と向かい合って最後まで『是《ぜ》』を言わないでいる自信がない……)

簡単に言えば、全商連は鄭悠舜と正面切って交渉《こうしょう》するのを逃《に》げたのだ。全商連の情報網《もう》をもってすれば朝廷《ちょうてい》での悠舜の交渉術は簡単に耳に入るはずだ。下手に全商連に呼んで、不確定要素が多く、いつ躓《つまず》くか知れぬ案件にうっかり『是』など言ってしまったら洒落《しゃれ》にならない。

(それに——)

絳攸は難しい顔をして考え込みながら蜜柑を分けている秀麗を見下ろした。

破けた薄皮《うすかわ》から滴《したた》った汁《しる》が、秀麗の指先を濡らしていることに気づいた絳攸は、その手をとって、自分の手巾《てぬぐい》で丁寧《ていねい》にぬぐってやった。

秀麗の指先は絳攸より温度が低く、ひんやりとしていた。冬場に相変わらず庖厨《だいどころ》仕事をしているせいか、小さな手がずいぶんあかぎれてささくれだっている。

(あとで何か塗《ぬ》り薬でも送っておくか)

今の状況になんの疑問もなく、そう思う絳攸。

「……よく考えてみろ。長期的な案件を立ち上げるとき、いちばん重要なのはなんだ」

秀麗は僅《わず》かに眉根《まゆね》を寄せ——次いでハッとしたように絳攸を見上げた。

「そっか。だから——『私たちの役目は終わった』って……」

絳攸は微《かす》かに笑《え》みを浮《う》かべた。

「……そうだ。あとは――」

「……あら？　悠舜さん」

ふと絳攸の後ろに目をやった秀麗は、慌《あわ》てたように扉の陰《かげ》にひっこむ悠舜を見てしまった。

その瞬間《しゅんかん》、絳攸はぎょっと秀麗の手を放した。

「悠舜さん？　どうしたんですかー？」

「……お邪魔《じゃま》をして申し訳ありません……」

観念した悠舜は、しおしおと府庫《ふこ》に入ってきた。……ああ、足がうまく動けば、こんな失態はせずにすんだものを。

「せっかくの良い雰囲気《ふんいき》のところを……」

「おおおお久しぶりです悠舜様！　ご一緒《いっしょ》に蜜柑はいかがですか⁉」

すかさず、今度は絳攸がビシッと蜜柑を突《つ》きつけた。

「……ど、どうか……あの人には内緒《ないしょ》に……」

秀麗に聞こえないように必死に小声で頼みこむ絳攸に、悠舜はこめかみを押さえた。やはりというかなんというか、……黎深は養い子に対しても変わっていないらしい。しかし――。

久方ぶりに会う友人の養い子をとっくりと見つめ、しみじみと悠舜は心の中で独白した。

（なんと黎深にはもったいない青年に育ったのでしょう……）

奇跡《きせき》としか思えない。

「悠舜さん、どうなさったんですか？」

秀麗に用事があったこともあり、若人《わこうど》の語らいを邪魔してしまったことを気に病《や》みつつも、悠舜はおとなしく絳攸と秀麗の手を借りて席に着いた。

「あ、ええ。……秀麗殿、昨日、私があるかたに呼ばれて、あなたとお別れしたことを覚えておいでですか」

「あ、はい」

「実はそのかたから、あなた宛《あて》にお文《ふみ》を言付かって参りました」

秀麗は目を瞬《しばた》いた。

「……私に、ですか？　え、ど、どなたからですか？」

戸惑《とまど》いながら差し出された書翰《しょかん》を受け取った秀麗に、悠舜は差出人の名を告げた。

「黒州州牧の、櫂瑜《かいゆ》様です」

一拍《いっぱく》おいて、秀麗と絳攸の目が驚愕《きょうがく》に見開かれた。

秀麗の脳裏《のうり》に影月《えいげつ》の面影《おもかげ》がよぎる。――そして、ずっと心のどこかで引っかかっていた、影月に関する『矛盾《むじゅん》』が、このときはっきりと形をとった。

●❋●❋●

古い、書物の匂《にお》いがそろりと漂う。

影月が少し窓を開けると、凍《こご》えるような夜気がすべりこみ、くるくると書庫で踊《おど》った。

時は深更《しんこう》——月はとっくに中天にかかり、しんしんと音もなく闇《やみ》が降りつもる。

不意に、書庫の扉《とびら》が微《かす》かな音を立てた。

窓辺で月を眺《なが》めていた影月は、振《ふ》り返ってホッとしたように微笑《ほほえ》んだ。

「あ、香鈴《こうりん》さん。きてくださってありがとうございますー」

香鈴は青ざめて固い表情のまま、扉口から微動《びどう》だにしなかった。

影月はゆっくりと香鈴に近寄ると、手にした毛布で香鈴をくるみこんだ。

その手を引き、書庫の扉をそっと閉じて。

香鈴に向き直った影月は、その白い頬《ほお》を次々とこぼれおちる涙《なみだ》に気づいた。

困ったように、影月は首を傾《かし》げた。

「……泣かないでください」

おずおずと頰に伸《の》ばした手は、香鈴によってはじかれた。

「……るんですの」

「え?」

「どうして、今さら優《やさ》しくなさるんですの。ずっと、知らないふりをして距離《きょり》を置いて——」

今さら——それだけが最後にできることとでもいうように。

口をつぐんだ影月の顔から、微笑みが消える。

それでも、彼は『影月』のままだと、香鈴にはわかる。

出逢《であ》ってから、一年も過ぎてはいないのに——わかってしまう。

「そうして何一つおっしゃらずに、わたくしの前から姿を消そうと考えているくせに――!」

別れが、くる。

「いやです! こないで。あなたなんて――」

影月の腕《うで》が、香鈴に伸びる。

「あなたなんて知りませんわ――」

別れが、くる。

「あなたなんて大嫌《だいきら》い――!」

泣きながら暴れる香鈴を、影月の両腕がおさえこみ、乱暴に抱《だ》きすくめた。

それは、はっきりとした意志を示す、強い男の腕だった。

「僕は好きです」

その言葉を聞いたとき、香鈴はがむしゃらに影月にすがりついて泣いた。

「――行かないで……!」

影月はきつく瞼《まぶた》を閉じた。

「……本当は、何も言わずに行こうと思ってました」

「――お願い……」

「でもあなたにだけは……」

「――どこにも、行かないで……っ」

「すべてを話してから、行きます」

香鈴の目から、大粒《おおつぶ》の涙がこぼれた。

このまま、雪のように消えてしまえたら、どんなに幸せだろうと、思った。


本当に、直前まで何も告げずに出ていくつもりだった。

言葉を交《か》わせば、こんなふうに泣かせてしまうとわかっていた。

なのに気づけば彼女の卓子に、場所と刻限を記した紙を置いて。

どこまでもその優しい心を傷つけたまま、願ってくれたたった一つの想《おも》いさえ叶《かな》えてあげられずに、残酷《ざんこく》な真実だけを置き去りに、影月は彼女のもとから去る。

出逢ってから一年も過ぎてはいないのに。


「……香鈴さん」

物語から抜《ぬ》け出たお姫《ひめ》様のようだと、初めて会ったときに思った。

肌理《きめ》細かい雪のような肌《はだ》、艶《つや》やかな射干玉《ぬばたま》の髪《かみ》、赤く小さな唇《くちびる》は蕾《つぼみ》のようにほころび。ほっそりと可憐《かれん》に美しい姫君は、一目で、大切に大切に育てられてきたとわかった。

けぶるような睫毛《まつげ》に囲まれた黒目がちの瞳《ひとみ》だけが、いつも愁《うれ》いを含《ふく》んで。

その愁いが晴れたなら、どんな微笑みが見られるだろうと、思った。

小柄《こがら》な影月よりもさらに華奢《きゃしゃ》で、抱きしめたら壊《こわ》れてしまいそうなほどもろく儚《はかな》く見えて、それでいて意地っ張りで心優しい、年上のひと。

この、短い生涯《じかん》の中で、恋《こい》ができるなんて思わなかった。

「僕のために、すべてのお酒を遠ざけてくれて、ありがとうございました」

ある日を境に、州牧邸から一切《いっさい》の酒がなくなった。飲酒用は勿論《もちろん》、数滴香《かお》りづけに混入させてある調味料まで姿を消した。燕青が酒の匂いをさせて帰ってくれば烈火《れっか》のごとく怒《おこ》って衣を剝《は》ぎとり、すぐさま洗濯《せんたく》をして。

そして怯《おび》えるように一瞬だけ向けられるその瞳に、彼女が知って、し、ま、っ、た、ことに気づいた。

「……陽月《ようげつ》に、会ったんですね？」

塞《ふさ》がれた耳元にそっと囁《ささや》くと、黒目がちの綺麗《きれい》な瞳が、ビクリとひらいた。

影月は小さく苦笑した。

「あいつが、そこまで余計なことを言うのは珍《めずら》しいなぁ……」

「――あのかたはなんなのです」

まるで、影月のなかにいるもう一人の存在を睨《ね》めつけるように柳眉《りゅうび》を逆立て――けれど涙の前に怒《いか》りはもろくも崩《くず》れおちる。

「あなたの命を奪《うば》っていく、あのかたは――！」

しがみついた影月から、驚《おどろ》いたような気配がした。ややあって――。

「……それは違《ちが》います」

「え――」

「陽月が、僕に命をくれたんです」

香鈴を抱きしめながら、影月はゆっくりと目を伏《ふ》せた。

「とうの昔に尽《つ》きるはずだった僕の魂《たましい》を、陽月は繫《つな》いでくれました」

十年前に死ぬはずだった子供。

四年前に願った我儘《わがまま》。

交わした命の契約《けいやく》。

陽月は、すべて叶えてくれた。

いつかくる、そのときと引き換《か》えに――。

第三章　香月

『生きたいか？』

十年前——父に殺されかけ、闇に落ちていくなかで、深い深い声がした。

『お前の人生は、生まれ落ちてから死ぬその瞬間《しゅんかん》まで、ロクなもんじゃなかったろうが』

侮蔑《ぶべつ》のこもったその声に、四歳の自分が何と答えたのかはわからない。

堂主《どうしゅ》様の必死の手当てをもってしても絶望的だった生存。

覚えているのは、理由も何もない、ただ心の底から沸《わ》きあがる、強烈《きょうれつ》な生への渇望《かつぼう》。

そして、願いは叶えられる。

いつか必ずくる、『そのとき』までの、つかのまの猶予《ゆうよ》と引き換えに。

——影月《えいげつ》は『彼』の『影』となった。

●❋●❋●

「……陽月《ようげつ》がなんなのか、僕にもわかりません」

影月は書棚《しょだな》に寄りかかりながら、沈《しず》みゆく月を見つめた。

今夜と同じ、煌々《こうこう》と照る嘲笑《あざわら》うような三日月の下で、彼は契約を交わした。

「けれど、そのときから僕の体は陽月のものになりました。死にかけてる僕の魂と、陽月の魂では、陽月のほうがずっと強くて、僕は陽月に『生かされ』なくては存在できなくなったんです。陽月が出ているときの僕に記憶《きおく》がなくて、陽月がすべての記憶をもっているのはそのせいです。僕の体はもう僕のものではなく、間借り人は僕のほうになったんです」

ぎゅっと、香鈴《こうりん》が影月の衣服を強く握りしめた。

「……そんなの……そんなのおかしいですわ。それではまるで——『陽月』という名前の妖《あやかし》に、あ、あなたが乗っ取られていくようなものではありませんの——！」

不可思議な力をもち、影月を生かしてくれた『陽月』。

影月も幾度《いくど》となく、彼の正体をそうかもしれないと、考えた。

「そうですね。でも、その『妖』は僕にいくつもの約束をくれました。体の主人《あるじ》となった陽月は、好きなときに好きなだけ僕を押し込んで『外』にでることができました。こうしている今も、本当は陽月の気分次第《しだい》で『僕』は簡単に『消えて』しまうんです」

びくんと、香鈴の体がはねた。

影月は小さく微笑《ほほえ》みながら、もう一人の自分となった彼を思う。

いつまで保《も》つかわからないが、長くて二十年——と、陽月は宣告した。

尽きかけた影月の魂は、陽月の助けなしには生きられない。けれど強すぎる陽月の存在は、共存するだけで影月の魂を徐々《じょじょ》に削《けず》っていく。特に『陽月』が『外』に出れば出るほど、その力に押されて『影月』の命は消えていくと、彼は言った。

陽月の気まぐれ次第で、いつでも『影月』は消してしまえるのだとも。

けれど、陽月《かれ》はそれをしなかった。

それどころか、『酒が入ったら』というたったそれだけの条件で、ほとんどの時を影月に使わせてくれた。酒を飲まずに記憶を失うこともあったが、そんなのは本当に稀《まれ》だった。

馬鹿《ばか》馬鹿しい、と陽月なら言うかもしれない。

けれど確かに、影月の魂の命脈が自然と尽きる、ギリギリまで、陽月は待ってくれた。

長くて二十年――けれど、本当は『そのとき』がいつくるかわからない。

明日か、明後日《あさって》か、ひと月後か、一年後か――。

文字通り死と隣《とな》り合わせでも、生きることを望んだ『影月《じぶん》』の『願い』。

そして、白銀の世界で、もう一つの願いをも、彼は叶えてくれた――。

「……ああ、夜が、終わりますね」

白くなるほど影月の衣服を掴《つか》む香鈴の手を、そっと撫《な》でた。

「石榮村《せきえい》に、行かなくてはなりません」

「この……大変な時期に……っ!?」

「だからこそです。僕は、僕にできることをしなくては」

星が流れたとき、覚悟《かくご》を決めた。残り少ない最期《さいご》の時まで、州牧の任を全《まっと》うしようと思った。

けれど、運命の御手《みて》は車輪を廻《まわ》す。

通りすぎたはずの過去が、いま再び目の前に現れる。

「……西華《せいか》村は、同じあの病で全滅《ぜんめつ》しました。もう、僕の愛した村はどこにもない……」

雪のなかに埋《うず》もれ、今も静かに眠《ねむ》る最愛の故郷。

何一つできずに死を看取《みと》りつづけるしかなかった、かつての自分。

『朝廷《ちょうてい》が地方にお役人を派遣《はけん》するように、お医者同士をつないで、連絡《れんらく》を取り合える方法とか、場所とか、あったらいいなって、時々考えるんだよ。そこに行けば、色々なお医者と会えて、治療《ちりょう》法を知ることができて、お薬も治療器具も、なんでもそろっているようなね』

西華村を病が襲《おそ》う前に、時々堂主様がポッッと漏《も》らしていた言葉。

正直、影月は耳半分だった。それまで、堂主様が知らない病などなかったからだ。亡《な》くなった患者《かんじゃ》のほとんどが、もう手を尽くしようがないほど進行した末期患者だった。わざわざ西華村まで足を運ぶ外部の患者の多くが、街や都でも匙《さじ》を投げられた病人や怪我人《けがにん》で、藁《わら》にもすがるように噂《うわさ》だけを頼《たよ》りに西華村をポツリポツリと訪《おとず》れる。動けないと文《ふみ》をもらえば、堂主様自ら山を降りて赴《おもむ》いた。そのほとんどの命を、堂主様は救ってきた。

『でもね影月……他《ほか》のお医者なら、もっと別の方法で救えていたかもしれないんだよ』

患者さんを失ってしくしく泣く堂主様を慰《なぐさ》めれば、いつもそんな答えが返ってきた。

だから影月は国試を受けて、官吏《かんり》になろうと思った。偉《えら》くなったら、堂主様の願いをきっと叶《かな》えてあげられる。いつまで自分に『時』が残っているかわからないけれど――。

──迷っていたことは否《いな》めない。堂主様の傍《そば》にあることこそが、影月の幸せだったから。

けれど、運命のあの日。

初めて、堂主様の言葉の意味を知った。

血相を変えて病の原因と治療法を、書物をひっくり返して猛然《もうぜん》と調べはじめた堂主様。そうしているうちにも次々と人が倒《たお》れていく。調べている時間などない。

名医と呼ばれる人は何人もいる。風の噂にも聞く。王家直属の医官は勿論《もちろん》、彩《さい》七家の専属医師も各家の援助《えんじょ》を受けて相当の知識と技術を蓄《たくわ》えているのは間違いない。なかにはあの奇病《きびょう》の治療法を知っている人もいたかもしれない。けれど──どうやって連絡を取るという。彼らの存在の大半が極秘《ごくひ》にされ、どこにいるのかさえ、わからぬなかで。

堂主様があちこちに飛ばした文の返事が、返ってくることはついになかった。

そして、西華村は死と静寂《せいじゃく》の雪のなかに埋《うず》もれる。

『私一人にできることは、とてもとても少ないんだよ、影月──……』

すべての墓標をつき終えたあと、今度こそ、死にものぐるいで、影月は官吏を目指した。

最初で最後の一度きりの国試に、全身全霊《ぜんれい》を賭《か》けた。

たとえ大官になる前に時が尽きてしまっても、それまでにできることは、きっとある。

こんなに早くに地位と権力をもらえるとは、さすがに思わなかったけれど。

希望は、すでに秀麗《しゅうれい》と悠舜《ゆうしゅん》に託《たく》した。彼女ならきっと叶えてくれる。

あと、自分に、できることは──。

影月は、香鈴の細い二の腕《うで》をそっとつかんだ。

「州牧のお仕事は、僕でなくともできます。茗才《めいさい》さんも戻《もど》ってきました。けれど、今の虎林郡《こりん》には、一人でも多くの医者が必要なんです」

それが最後の別れと、香鈴にはわかった。

時が残っているのなら、思慮《しりょ》深い影月がこんなふうに姿を消そうと思うはずがない。

もう一人の州牧・秀麗が帰還《きかん》してくるまで州牧としての義務と責任を果たし、引き継《つ》ぎを終えてから医者として虎林郡に飛ぶことを選択《せんたく》したはずだ。

けれどそれさえ待てぬほどに、影月の残りの時間は――。

「……っ、いつまで、なのです……っ⁉」

「……僕の魂《たましい》の半分をもっていたひとが、秋の終わりにこの世を去りました」

天を翔《か》けた星は、自分の魂の半分。

それが尽《つ》きたということは、もう半分の影月の命も、ほとんど残ってはいない。

ここまで保ったのは、自分には堂主様と違《ちが》って陽月がいたからだ。けれどそれも――。

「……多分、ひと月……保たないでしょう。秀麗さんを待って州府で逝《ゆ》くよりも、僕は最期の時まで、一人でも多くの人の命を繋《つな》ぎとめる道を選びたいんです」

迷いのない眼差《まなざ》しに、香鈴の脳裏《のうり》に陽月の言葉が蘇《よみがえ》る。

『いつ死ぬかわからん体を抱《かか》えて、まあよくやったほうだ。やりたいことをやれるだけ、つかめるものはつかめるだけつかもうとしたあの根性《こんじょう》は認めよう』

そう、いつでも——こんなときまで、彼は己《おのれ》の決めた道を行く。

「な、何か……っ、方法は……⁉」

陽月が去れば、今この瞬間に影月の命は尽きる。こぼれた命の砂が戻ることはない。

「……僕が消えても、陽月が残ります」

「——わたくしが望んでいるのは陽月様ではございません！」

悲鳴のように叫《さけ》んだ香鈴に、少しく目を瞠《みは》ったあと、影月はそっと微笑んだ。

——躊躇《ためら》わずに、そう言ってくれる人がいること。

『なんでだ？　州牧なのはお前であって、陽月じゃないだろ』

ちゃんと影月《じぶん》を見てくれる人たちに、出会えたこと。

……西華村を出てから、人は陽月の存在を知ると、大概面白《たいがいおもしろ》がって酒を吞《の》ませようとした。陽月のほうがよっぽど頼りになるから、ずっと陽月でいたらどうだという人も多かった。

影月にとってそれらは、『早く死ね』と言われるも同然だったが、同時に仕方がないとも思っていた。事実、陽月のほうがすべてにおいて影月より立ち優《まさ》っていたからだ。

腕っぷしや酒の強さ、性格、処世術だけではない。その膨大《ぼうだい》な知識量の一端《いったん》を、影月は時折垣間《かいま》見ることがあった。何一つとして及《およ》ぶものはなく、影月自身、心のどこかで彼の存在に頼っている自分に気づいてもいた。

誰《だれ》かが陽月を求めれば、そのぶんだけ影月の命は縮む。誰かが影月の存在を否定したぶんだけ、本当に命が尽きてゆく。欠けてゆく時間は、そのまま『杜《と》影月』が不要《いらない》と言われた時間。

限りある時を精一杯《せいいっぱい》生きようとした影月にとって、それはあまりにも残酷《ざんこく》な、命の契約《けいやく》。

けれど、貴陽《きよう》で秀麗に出会って。

影月はもう一度、『影月《じぶん》』を受け入れてくれる優《やさ》しい人たちと、過ごすことができた。

たとえ悪ふざけででも、一度も陽月の存在を引き合いに出さなかった。お酒を飲まないようにいつだってかばってくれた。それは他ならぬ自分が必要なのだと、言われているようで。

彼らと過ごした、最後の優しい時間を、影月は忘れない。

影月の手が、少し躊躇い――そして香鈴の耳の下にそっとすべりこむ。

予感に、香鈴の黒目がちの瞳《ひとみ》が大きく揺《ゆ》れた。

その言葉を、聞いたら、彼は去る。

「――いやです……っ！」

身をよじる香鈴を逃《のが》さぬように、影月は腕に力をこめた。

……残りの時間を知ったとき、距離《きょり》を置こうと思った。

自分は何もしてあげられない。

未来への優しい約束を、何一つ、大切な人の掌《てのひら》にのせてあげることはできない。

この世から消えゆく男がその心を縛《しば》ることのないように、何一つ告げずに行こうと。

けれど、最後の最後で、その決意は崩《くず》れた。

「いや……っ」

――どうか、覚えていてほしい。

「あなたが、好きです」

香鈴の青ざめた顔が、悲しみに歪《ゆが》む。

はらはらと頬《ほお》を伝う大粒《おおつぶ》の涙《なみだ》が、影月の手の甲《こう》に当たって、くだける。

「……だから、僕のことは忘れて、幸せになってください」

覚えていてほしいと願いながら、口では逆のことを言う。

どこまでも利己的で、残酷で、身勝手な――。

最後の願い。

そっと唇《くちびる》が重なったとき、香鈴の眼差《まなざ》しにはただ絶望と涙しかなかった。

「……っ」

それでも何かを言おうとした香鈴の視界が、ぐらりと揺れる。

急速に遠のいていく意識の中で、最後に瞳に映ったのは、影月の――。


意識を失った香鈴を毛布でくるみ、彼女の室《へや》まで運んで寝台《しんだい》に横たえる。

燕青《えんせい》はこれから州府に泊《と》まり込みになるだろう。けれど香鈴のことは春姫《しゅんき》に文を出して頼《たの》んでおいたから、心配はない。

旅支度《たびじたく》はとうにすんでいた。

西華村を出てからの長い旅路で、馬にも乗れるようになっていたのが幸いだった。

そして、『杜影月』の旅はもうすぐ終わりを迎《むか》える。

東の昊《そら》の果てで、かぎろいがほの白く揺れはじめる。

『ね、影月、幸せだね……』

いつだって笑っていたひと。

ただ自分の我儘のためだけに、その命を無理やり繋ぎとめてしまったひと。

そして今また、大切な人の心を傷つけ、自分勝手な想《おも》いだけを置き去りに。

「はい、堂主様……」

影月は涙のかわりに、笑顔《えがお》を浮《う》かべた。

「とてもとても幸せな、一生でした」

そして、最後の瞬間《しゅんかん》まで『影月』として在るために、彼は手綱《たづな》を打った。

●　❋　●　❋　●

——現在の黒州《こくしゅう》は、国でも一二を競《きそ》う良治が敷《し》かれている地として名高い。

もともとこの地の豪族《ごうぞく》・黒家は、現在左羽林軍《さうりんぐん》大将軍黒燿世《こくようせい》の例を見るまでもなく、白家《はくけ》と並んで武芸十八事に長《た》けた武勇の誉《ほま》れ高き家柄《いえがら》である。黒州に林立する武術の門は数百を数え、その道で名を成し、秘伝極意を求めんと黒州には多くの武芸者が流れこむ。名将軍を多々輩《はい》出《しゅつ》する一方で、そこここに武芸者崩れの無頼漢《ぶらいかん》が闊歩《かっぽ》し、各地で山賊湖賊《さんぞくこぞく》がひっきりなしに涌《わ》いては旅人や村を襲《おそ》い、街中で流血沙汰《ざた》になるのが日常茶飯事《さはんじ》という物騒《ぶっそう》なところでもあった。

特に王位争いの余波を受けて食い扶持《ぶち》のなくなった武芸者が次々賊と化し、終結を見てからも、味をしめた彼らによって、黒州は長らく混乱の中にあった。

その混乱を収束に導いたのが、数年前に就任した黒州州牧だった。次々と法令を発布して州府を建て直し、法と官吏《かんり》の機能・権限を回復させ、黒家とその他《ほか》の名門武家の協力を仰《あお》いで賊を一掃《いっそう》し、手綱を引きしめるとともに治安回復に努め、力のない民《たみ》が守られる道を拓《ひら》いた。

特に州府のある州都遠游《えんゆう》を訪《おとず》れる人々は、平安と穏《おだ》やかに流れる時の優しさを称《たた》える。

文に記されていた約束の時間通りに登城した秀麗は、宮城にて彼に割り当てられている室を訪れた。窓辺にゆったりと佇《たたず》むその人を見つけたとき、胸が大きく鼓動《こどう》を打つのを感じた。

霄《しょう》太師に初めて会ったときのように、動悸《どうき》が速まる。

官吏をしていて、彼を知らない者などいない。

民の誰もが、彼の赴任《ふにん》を望む。

「黒州の櫂《かい》州牧……でいらっしゃいますね」

振《ふ》り返った櫂州牧は、跪拝《きはい》する秀麗を見つめ、しわくちゃな顔に優しい笑みを刻んだ。

現黒州州牧・櫂瑜《かいゆ》は齢《よわい》八十を超《こ》え、現役官吏としては現在最高齢《さいこうれい》を誇《ほこ》る。

朝廷《ちょうてい》三師より遥《はる》かに高齢の身でありながら、いまだ頑《がん》として現役を退かず、なお矍鑠《かくしゃく》として敏腕《びんわん》をふるいつづける凄腕《すごうで》の老大官であり、かの霄太師・宋太傅《そうたいふ》が官位に拘《かかわ》らず頭《こうべ》を垂れ、心からの敬意を表する、数少ない一人である。

朝廷三師が中央にて先王を支えた重臣ならば、櫂官吏は中央と地方を行き来するように飛び回り、国の安定に尽力《じんりょく》しつづけた名臣といえる。名誉《めいよ》官位の贈与《ぞうよ》を拒否《きょひ》しつづけていなければ、とっくに朝廷三公の位についているはずの人物だった。

彼を惜《お》しみ、高齢のその身を案じた先王が、長年の櫂官吏の、再三にわたる茶州州牧就任要請を棄却《ききゃく》しつづけたことは有名な話だった。

『この老いぼれの首ひとつ惜しむとは耄碌《もうろく》したか小僧《こぞう》！』

『州城に着くまでにどうせポックリ逝くに決まってる。自己満足で死ぬより他の仕事してろ』

毎年毎年先王と櫂官吏の間でそういった舌戦《ぜっせん》が繰《く》り広げられていたらしいと悠舜から聞いたときには、宋太傅ばりの強面《こわもて》を想像していたのだが――。

（……若いときは絶対ものすごい美男子だったに違《ちが》いないわ……）

しわくちゃではあっても、まったく崩れたところはない。微笑《ほほえ》むと涼《すず》やかに切れ上がった目《め》尻《じり》が少し下がり、それが何とも甘く魅力《みりょく》的である。落ち着いて品のある顔立ちは貴族的に整い、きれいに撫《な》でつけられた銀髪《ぎんぱつ》も、皺《しわ》一つない官服の装《よそお》いも着こなしも一切手抜《いっさいてぬ》きがなく、歳《とし》を重ねたゆえの魅力を存分に引き出して隙《すき》がない。特に驚《おどろ》いたのが――。

「まさかこの歳になって、かように魅力的な才媛《さいえん》と同僚《どうりょう》になり申すとは、嬉《うれ》しいことですね」

今なお少しかすれて艶《つや》のあるその声は、間違いなく若かりし頃《ころ》に耳元で囁《ささや》かれれば腰《こし》が砕《くだ》けていたに違いないほどの美声だった。しかもおじいちゃん言葉を使わないのでなおさらだ。

（あ、ありえないから……）

八十過ぎの殿方《とのがた》にドキドキしたのは生まれて初めてだった。

「まずは茶州《さ》での両州牧のお手並みに敬意を表させてください。話をうかがったときは、久方ぶりに若者のように興奮したものです」

「いいえ……とんでもありません。すべて、鄭州尹《ていしゅういん》と浪《ろう》州尹のお力添《ちからぞ》えによるものです」

「誰《だれ》も、一人でなんでもできてしまうかたはおりませんよ。なんでもできたなら、私など先王陛下なぞ振り切ってとっくに茶州に馬を駆《か》っておりましたよ。ああ、こちらは黒州の特産、黒《くろ》芋羊羹《いもようかん》です。どうぞお召《め》し上がりください」

「あ、お茶なら私が！」

「お呼び立て申したのは私のほうですよ。もとより女性のお手を煩《わずら》わせるわけにはまいりません。さあ、どうぞお座りになって、おくつろぎください」

にっこりと白い髭《ひげ》を撫でつけると、慣れた手つきでお茶を淹《い》れはじめてしまう。

（ま、まめまめしい……）

若い頃が偲《しの》ばれるような、付け入る隙もない色男ぶりである。多分藍《らん》将軍を凌《しの》ぐ。

芋羊羹と緑茶という渋《しぶ》い選択肢《せんたくし》だけが年相応だったが、むしろ秀麗はホッとした。……もしかしなくてもそれさえ計算のうちだったらどうしよう。

沈黙《ちんもく》が落ちれば、本題が胸をしめつける。秀麗は気を落ち着けようと、ありがたく芋羊羹と緑茶に手を伸《の》ばした。

嫌《いや》な予感、というのは、どうしてこう当たるような気がしてしまうのだろう。

もくもくと黒芋羊羹を食べると、お芋の抑《おさ》えた上品な甘みが口の中に広がった。

「……おいしい」

「それはようございました」

孫を見るような優《やさ》しい微笑みに後押しされて、秀麗は黒文字《ようじ》を懐紙《かいし》の上に戻《もど》した。

「……櫂州牧、私のほうから、先にお訊《き》きしたいことがあるんです」

「なんでしょう」

秀麗は、そろえた膝《ひざ》の上で指を組んだ。

「……国試に及第《きゅうだい》したとき、影月くん、故郷に及第を知らせる文《ふみ》を出したんです。そのとき、返事はひと月もたたないで返ってきたんですけど――」

秀麗は、得体の知れない不安に動悸が高鳴るのを感じた。

そう――ずっと、香鈴に対する態度を見た時からぬぐえなかった不安。

「このあいだ、影月くん、貴陽から西華村まで最速の文を出しても、何ヶ月もかかるって言ったんです。だとすると、計算が合いません。でも、私も文を見せてもらいましたけど、ちゃんと状元及第の特別禄《ろく》のことが書いてあって――些細《ささい》なことなんですけれど……もし、何かご存じのことがあれば教えていただきたいんです」

影月は、どこかで嘘をついている。

そしてそのたった一つのほころびこそが、すべてを崩《くず》す――そんな気がした。

「……貴陽から、黒州州都までなら、ひと月かかりません。その文の相手は、私です」

櫂州牧の落ち着いた告白に、秀麗は驚いた。

「え――だって、故郷に、って……」

「西華村は、もうありません。数年前に、二人をのぞいて、ある奇病《きびょう》で全滅《ぜんめつ》したのです……」

秀麗の目が、予想もしない言葉に、いっぱいに見ひらかれる。

「……西華村は、千里山脈の麓《ふもと》にある閉《と》ざされた小さな小さな村です。杜州牧が州試のためにたった一人で州都遠游《えんゆう》においでになるまで……それも、州試首席及第者としてお会いするそのときまで、情けなくも私はその事実をまったく知らずにいたのです……」

櫂州牧は、無力を悔《く》やむようにきつく瞑目《めいもく》した。

そのときの影月の表情を今でも覚えている。浮かべた穏やかな微笑みは、十二歳の少年のものではなかった。

櫂州牧が即座《そくざ》に派遣《はけん》した調査隊が見たものは、丁寧《ていねい》に一つ一つつくられた墓だけだった。死んでゆく村の人間のために、十歳の彼が、たった一人でつくった墓標。

「杜州牧は、私に一通の文を差し出しました」

差出人は西華村水鏡道寺の堂主。影月の後見役をつとめるというその名を見たとき、櫂州牧は心底驚いた。まさか、『彼』がこんなところにいたとは――。

文には、西華村を襲《おそ》った悲劇とともに、これから自分のかわりに杜影月の後見代理になってほしいという一文で結ばれていた。

『……するべきことができました。私もこれから旅に出ます。この文をあなたがご覧になる頃には、私もまた西華村にはいないでしょう。連絡《れんらく》の取れなくなる私のかわりに、どうか杜影月の後見をお願いしたく存じます。この子を、よろしくお願いいたします――』

木簡の裏書きは水鏡道寺のままにして、櫂州牧は何も訊かずに後見代理を引き受けた。

櫂州牧は彼を自分の邸《やしき》に迎《むか》え入れ、翌年冬の最終試験に出立するまで共に過ごした。後見を引き受けた少年は、黒州州試を首席及第したあとも、他の及第者のように浮《う》かれることなく朝から晩までひたすらに机案《つくえ》に向かっていた。いつ眠《ねむ》っているのか見当もつかず、心配のあまり櫂州牧はよく無理やり床《とこ》につかせたものだ。

国試に状元及第したと聞いたとき、櫂州牧だけは驚かなかった。

彼は天才ではない。もし才に恵《めぐ》まれているとしたら、それは努力という名の才だった。

貴陽に出立する日、路銀を渡《わた》そうとすると「大切なお金があるから」と告げて、礼の言葉と共に、深々と頭を下げた。

「状元及第者に贈《おく》られる特別俸禄《ほうろく》の銀八十両は――前礼部尚書によって届きませんでしたが――西華村ではなく、私宛《あて》だったのですよ。俸禄が届いているか否《いな》かの確認《かくにん》と一緒《いっしょ》に『長い間、お邸でお世話になったお礼です』と添《そ》えられておりました。『心配してくださるかたがいるので、一度だけ、嘘をお願いしてもいいですか？』とも」

どうして、と秀麗は訊《たず》ねることができなかった。

故郷に、お金は送ったけれど『及第の報告は頭になくて』出さなかったと言った影月。無理やり『故郷への文』を書かせたのは、秀麗だった。

血縁《けつえん》でもない黒州州牧に宛《あ》てたと言えば、『なぜ』と訊かれるに決まっている。言えるはずがない。故郷には、もう誰もいなくなってしまったなんて。

言える、はずがない――。

「……私があなたをお呼び立て申したのは、お渡《わた》ししたいものがあったからなのです」

櫂州牧は立ちあがると、棚《たな》から数十冊の巻書を抱《かか》えて、卓子に戻ってきた。

「これは……?」

「私が朝賀に参る前に、あるかたからお預かりしたものです」

黒州州府遠游城まで櫂州牧を訪ねてきた彼は、纏《まと》ったボロボロの衣服とは裏腹に、その眸《ひとみ》にはあふれるほどの知性と日だまりのような穏《おだ》やかさをたたえていた。

にっこりと微笑《ほほえ》むその笑顔は、見ているほうまで幸せになれそうなほど優しく。

『今まで、私のかわりに影月の後見をつとめてくださって、本当にありがとうございました』

『い、い、い、い、い』

私の旅は終わりました――と、彼は静かに告げた。

『影月と、約束していたことがあるんです。間に合って、良かった……』

そして重たげに背負っていた布袋《ぬのぶくろ》から、この巻書をとりだしたのだ。

秀麗は巻書のひとつをひもとき、ざっと目を通して、驚愕《きょうがく》した。

「……医学書……!?」

手書きで、びっしりと文字が連なったその巻書は、秀麗には理解できない特殊《とくしゅ》な用語がいくつも並んではいたが、間違いなく、医書だった。

数十の巻書にもう一度目をやる。まさか――。

「これ、全部……!?」

「あなたにお渡ししてほしいと、そのかたはおっしゃいました」

「ちょ……っ、待ってください。お医者様……っていうことは、そのかたは影月くんを育ててくださった、水鏡道寺の堂主様のことですよね？　どうしてこれを影月くんじゃなくて、私に預けていかれるんですか……!?」

嫌な予感に、胸がざわめく。

朝賀にきたのが、たまたま秀麗だったからというわけではない。櫂州牧ははっきりと『あなたに』と言ったのだ。

櫂州牧の顔が、陰鬱《いんうつ》に曇《くも》る。

「……そのかたから告げられた言葉を、そのままお伝えしましょう。私にも、それがどういった意味なのか……何かの比喩《ひゆ》なのかもわからないでいるのですが……」

彼の優しい微笑みは、そのままどこかへ消えてしまいそうな儚《はかな》さがあった。

『いきなり茶州の州牧になってしまって、さすがに驚《おどろ》きました。でも陛下が州牧を二人にしてくださったことを聞いて……天運のようなものを感じました』

聞きたくないと、秀麗はそう思った。

心のどこかで感じていた、影月に関する不安の正体を、櫂州牧の言葉はきっと貫《つらぬ》く。

――なぜ、十二の若さで急ぐように国試を受けたのか。

『影月も、もうさほど猶予は残っていないでしょう……。ですから、影月ではなく、影月と私の想《おも》いを受け継《つ》いでくださるはずの、もう一人の州牧に、この巻書を託《たく》します』

――人生は短いですから、なるべく早くと思って国試を受けたんですと、笑った影月。

『いつまでその時間があるかなんて、誰《だれ》にもわからないんです』

秀麗の心が、ひんやりと凍《こお》りついていく。裏腹に、握《にぎ》りしめた掌《てのひら》には汗《あせ》がにじみでる。

(聞きたくない)

時は金なり、と――告げた、その言葉の本当の意味を。

『国試からずっと一緒という、もう一人の州牧に、どうか伝えてください。あの子が西華村を出て、またひとりぼっちになってしまうことだけが心配だったのですけれど、ホッとしました。影月を一人にしないでくださったことに、心から感謝いたします。そして――』

背中を、嫌な汗が伝い落ちる。抑えようとしても体が震《ふる》えた。

少しずつ、少しずつ、生き急いでいるように見えた。思えば優しすぎるほど優しい影月が、香鈴を受け入れる心の余裕《よゆう》がないなんてあるわけがなかった。本当に余裕がないのは――。

櫂州牧の声からは艶《つや》が失われ、ちぎれた真珠《しんじゅ》の首飾《くびかざ》りのように、床に散らばる。

「……そう遠くないうちに、杜影月がこの世から消えてしまうことを、と」

秀麗の周りから、一切《いっさい》の音が、消える。

どうしてかはわからない。

けれど確かに、影月は自分の命の灯火《ともしび》が尽《つ》きることを、知っていたのだ。

そしてなおも運命の車輪は廻《めぐ》りつづける。


「お話中、失礼いたします！」

パタパタと駆《か》け込んできた下吏が、秀麗に二通の文を手渡《てわた》した。

「一通は影月くん――え、もう一通は燕青？」

なぜ同じ場所にいる二人から別々に文が届くのか。

影月のほうは全商連経由の最速便――燕青のほうはと裏返して色を変える。

櫂州牧も、その印を見て目を剝《む》いた。

封蠟《ふうろう》に使われているのは非常事態を告げる真紅《しんく》の州尹印。これが捺《お》されていれば、すべての関塞《かんさい》を無条件で通過でき、かつ各郡でただちに最高の騎手《きしゅ》と最速の駿馬《しゅんめ》が手配され、乗りつぶして目的地まで駆け抜《ぬ》けることを許される、緊急《きんきゅう》時にしか使えぬ最速の伝達手段。

全商連の最速便も唯一《ゆいいつ》敵《かな》わぬ、最後の手段でもある。

破るように二通をひらき、それぞれに目を通した秀麗は蒼白《そうはく》になった。

虎林郡の病のことも、単身そこに向かったという影月のことも〝邪仙教《じゃせんきょう》〟のことも――その教祖である『千夜《せんや》』の名にも、その動向にも。

記してあるすべてに、もう、何から驚いていいのかもわからない。

なぜこうも、すべてが一度に動き出すのだろう。

特に──『千夜』。

ゆるやかな巻き毛を揺《ゆ》らし、猫《ねこ》のように笑みを刻む『彼』の姿が脳裏《のうり》に閃《ひらめ》く。

秀麗は小刻みに震える手を拳に握りしめ、余計な考えを払うように頭を振《ふ》った。

(──決、断を)

「……櫂州牧、医薬を司《つかさど》る部署は、確か──」

「殿《でん》中省、太子府、後宮、軍などに配置されていますが、もっとも重要なのは工部管轄《かんかつ》の太常寺大医署です。現在、長官である陶《とう》老師が筆頭侍医と兼任《けんにん》しているくらいですから」

「工部──では管尚書、ですね……」

秀麗は椅子《いす》を蹴立《けた》てるようにして立ちあがった。

「──この二通の写しを主上へ。同時に鄭州尹を即刻《そっこく》呼んでください。また、大至急管工部尚書に、茶州州牧紅秀麗の即時《そくじ》目通りと、工部所属の医官──筆頭侍医陶老師をはじめとする、最高医官の招集要請を伝えてください」

秀麗の厳しい言葉に打たれるように、控《ひか》えていた下吏が踵《かかと》を打ちつけて直立した。

「か、かしこまりました!」

下吏が飛ぶように出ていくのと同時に、秀麗は櫂州牧がもってきた医学書を振り返った。

『天運のようなものを感じました』

これこそが、きっと、天の采配《さいはい》。

(このなかに、きっと、ある──!)

「櫂州牧、これを届けてくださって、心から感謝します」

「――私に、何かできることはありますか？」

「……我儘《わがまま》を言ってもよろしければ」

まるですべてを覚悟《かくご》したかのように、秀麗は笑った。

「この件が終わって、私が州牧を更迭《こうてつ》されたなら、次の茶州州牧になってくださいますか？」

若き姫《ひめ》州牧が、冗談《じょうだん》を言っているのではないことはすぐに知れた。

櫂州牧は、皺《しわ》さえ魅力《みりょく》的に寄せると、優《やさ》しく微笑んだ。

「……私の力が必要と仰《おっしゃ》いますか？」

「はい。一筆書いていただきたいくらいに」

「では、書きましょう」

櫂州牧は手早く料紙と筆を用意すると、サラサラと美筆をすべらせる。

「あなたと杜州牧が、今から州牧位をかけて守ろうとするものを、今度は私が引き継ぎましょう。六十も年下の若造…陛下に文句など言わせません。男の頼《たの》みは多々断って参りましたが、女性とのお約束は一度も破ったことはありませんので、どうぞご安心くださいませ」

秀麗は手渡された美麗《びれい》な文を一読すると、勢いよく櫂州牧に頭を下げた。

「ありがとうございます！　羊羹《ようかん》もお茶も、とっても美味《おい》しかったです。お時間ができたら、ぜひ今度こそゆっくりお茶をご一緒《いっしょ》させてください。では、失礼させていただきますね」

そして、医書を詰《つ》めこんだ箱を抱《かか》えて、矢のように少女が飛びだしていく。

櫂州牧の心に熱く火が灯《とも》る。

戦乱の世を、先王とともに駆け抜けた遥《はる》かなる昔が蘇《よみがえ》る。

これだからこそ、官吏《かんり》はやめられない。国を動かす、若者たちの強く揺《ゆ》るぎない意思を感じるたびに、何度でも心踊《おど》り、若返る。負けてなどいられない。

「ふ…女性にお茶に誘《さそ》われてしまったら、何があってもポックリ逝《ゆ》くわけには参りませんね」

もったいなさすぎて、老いてなどいられない。

この国の未来を瞳《ひとみ》に映す特権を、まだまだ後進には譲《ゆず》れない。

――そして再び、時は風雲急を告げる。

●❋●❋●

「影月あんのバカたれー！」

琥璉《これん》城で次々と届く報告に指示を飛ばしながら、燕青はそう叫《さけ》ばずにはいられなかった。

「いくら若才が帰ってきたっつっても、このクソ忙《いそが》しい時期に一人ですっ飛んでくヤツがあるかー！　行くにしても俺に言ってから行けっつーの！」

責任感の強い影月が、まさか何も言わずに石榮村に飛んでいくとは思いもしなかった。

「おお、そりゃ行くっつっても止めたけどさ！　ちくしょーそうかだからか！」

――しかも、州牧印とともに燕青に全権を預ける旨《むね》の書状を置いて。

「だーっ！　これじゃ今度は俺が琥璉城から離《はな》れられなくなっちまったじゃねーか！」

秀麗も悠舜もいない今、茶州の全権はすべて燕青の両肩にかかった。これではさすがの燕青も琥璉城から動けない。燕青がやろうとしていたことを影月に先にやられてしまったのだ。

「お師匠《ししよう》もまたどっか武者修行《しゆぎよう》にいっちまったし、香鈴嬢《じよう》ちゃんもなんもいわねーし」

「やかましいですよ浪州尹！」

柴彰《さいしよう》が投げつけてきた巻書を、燕青が間一髪《かんいつぱつ》で受けとめる。

いつも飄々《ひようひよう》とつかめない彼が、珍《めずら》しく苛立《いらだ》ちを露《お》わにしていた。

「薬も医師も全然足りません。とっととそれに印を捺してください！　こうなったら貴陽全商連に掛《か》け合います。勿論《もちろん》全部公費で落としてもらいます。あとで中央に大借金の言い訳をよく考えておくことですね！」

「よし！『ひ孫の代までツケさせる！』」

「却下《きやつか》！　そんなんじゃびた一文引き出せませんよッ」

それでも柴彰は印を捺された書状をもって即座《そくざ》に室《へや》を出て行った。

――影月の予見は見事に的中した。

石榮村はごく少数をのぞいて、次々と倒《たお》れていった。百人近くいた村人のうち、すでに半数が死亡した。それと前後するように、通達を出した各郡太守を通じて、千里《せんり》山脈に接する村や街から続々と症状《しようじよう》を同じくする『奇病《きびよう》』報告が上がってきた。

燕青も十年州牧をやっていたが、こんなことは初めてだった。

しかしどうやら、千里山脈に接する村々では昔から数十年に一度、こういった病は起こっていたらしい。原因不明の不治の奇病として、村人たちはただ天命と恐《おそ》れおののくしかなかった。閉《と》ざされた生活を送る各村は、上に報告することなど思いも及《およ》ばず、ただ祈《いの》り、息をひそめて春とともに『病』が収束するのを待つのが常だったのだという。

春になれば病魔《びょうま》は去るという、ある村の老婆《ろうば》の言葉があった。

『……数十年に一度、いつもより早い冬がきたとき、水から魔物があがってくる……』

似たような話は、確かに千里山脈に接する他《ほか》の村でも見受けられた。

それを裏付けるように、病は冬の訪《おとず》れの早いところから順繰《じゅんぐ》りに広がっている。

かき集めた医師たちも、大半が『魔物』を恐《おそ》れて虎林郡へ行くことを拒否《きょひ》した。

広がりを見せる病に、用意した薬もまるで足りなかった。もとより症状を緩和《かんわ》するだけで、完治薬ではないことも絶望的だった。それでも知った以上、何もしないでいられるわけがない。

さらに、事態をいっそう深刻化している別の要因があった。

影月の出立と入れ違うように上がってきたその報告を聞いたなら、おそらくは影月も出立を見合わせて州城に留《とど》まったに違いなかった。

「こんちくしょう！　とっとと山狩《やまが》りでもなんでもして全員しょっぴいときゃよかったぜ!!」

もし琥璉城を出ることができたなら、今すぐ虎林郡に飛んでいって、〝邪仙教〟とかいうわけわからん集団を片《かた》っ端《ぱし》からとっつかまえて棍《こん》で叩《たた》きのめして、カンカン踊りをさせたあげくに一人残らず山に埋《う》めてやるのに。

「くそったれ。ノコノコ出てきやがって……！」

意味不明な仙人《せんにん》の説法しかしていなかった〝邪仙教〟は、病の広がりとともにもっともらしく山から降りてきて、自分たちの仲間に入れば病にかからないと言い始めたのである。

『いらっしゃればおわかりになると思いますが、我々の中には誰《だれ》一人として発病した者はおりません』

虎林郡丙《へい》太守のいち早い通達もむなしく、不安と恐怖《きょうふ》におののく多くの村人たちがその言葉を信じ、続々と『入信』しているという。

それればかりか〝邪仙教〟はこんなことまで言いふらし始めたのだ。

『この病は天がお怒《いか》りになっているのです。神聖なる政事《まつりごと》に、あろうことか女人《にょにん》が関《かか》わったことに、かつて蒼玄《そうげん》王とともに国造りを行った彩八仙《せん》がお怒りになられたのです。一刻も早く、例の女州牧をひっとらえ、生贄《いけにえ》に捧《ささ》げて許しを請《こ》わぬ限り、この病は収まらないでしょう』

燕青から見れば「くだらねぇデタラメ言ってんじゃねぇふざけんなバカタレ」と棍で殴《なぐ》って終わりの話だったが、いかんせん原因不明の死の病に直面している人々に、そんな冷静な判断ができるわけもない。もとより地方に行けば行くほど正確な情報を入手しにくく、目の前の現実のみがすべてになりやすい。それらは流言飛語が浸透《しんとう》しやすい条件となる。秀麗が赴任《ふにん》して最初の冬の出来事ということもあって、その『お告げ』は非常な説得力を持ってどんどん広がっているという。秀麗に対する不審《ふしん》と反発とともに――。

茶州全土ではなく、千里山脈に接する村々でしか発病しないことを考えれば、秀麗と病との間になんの関係もないことは明白だ。けれど目の前の事実のみを信じる人々にとっては、確固たる病の治療法《ちりょう》を見つけない限り、その流言は時を追うごとに『真実』になっていく。生贄などと言っている以上、万一の場合、解任で済む問題でもなくなるのは目に見えている。

「かーっ、余計事態をややこしくしやがって！」

緊急《きんきゆう》事態と判断し、現状の仔細《しさい》を記して真紅の封蠟《ふうろう》で貴陽へ文《ふみ》を飛ばした。戦場の急使にも匹敵《ひってき》するあの最高速の伝達手段は、全商連にも優《まさ》る。影月が全商連の最速便で先に送った文と相前後しての到着《とうちゃく》となるだろう。

帰ってくれれば、秀麗の身が危ない。

判断は秀麗と悠舜に任せる。

選んでほしい道はある。

けれど、官吏になって一年にも満たぬ彼女には酷《こく》な道だともわかっている。

(でもさ——)

上に行きたいと言った、秀麗の眼差《まなざ》しを思いだす。

……選んでほしいと、燕青は思った。

他の誰《だれ》でもない、秀麗だからこそ、その道を行くのを見てみたかった。

首を振《ふ》ると、〝邪仙教〟に関する報告を一瞥《いちべつ》する。

「〝邪仙教〟教祖、『千夜』、か……」

燕青も秀麗から聞いていた茶朔洵《さくじゅん》の詐称名《さしょう》を、この時までには思いだしていた。

――消えた朔洵の遺体。符号《ふごう》は一致《いっち》するように見える。

それでも、奇妙《きみょう》な違和《いわ》感がぬぐえない。

「……朔なら『実は生きてまーす』って出てきても驚《おどろ》かねーけど……。あいつ、こーゆーおバカなヤッらの裏の裏の斜《なな》め向こうで逆立ちで浮遊《ふゆう》してるこたあっても、『教祖』とかいって名前出す性格じゃねーよな……。朔って遠くからバカ見るのは好きだけど、バカやるのもなるのも近づくのも嫌《きら》いだもんな。お山で猿《さる》軍団の大将張るよりゃ、はぐれ猿気取って一匹《ぴき》で日がなぐーたらして、たまに猿軍団引っかき回してほくそ笑《え》む不良猿っつーかさ」

〝殺刃賊《さつじんぞく》〟の一件がいい例だ。茶鴛洵《えんじゅん》にさえ、最後の最後まで尻尾《しっぽ》を摑《つか》ませなかった。

とはいえ、今この時期、騙《かた》った名が偶然一緒《ぐうぜんいっしょ》というのもできすぎている。

「……何より、朔が今さら姫《ひめ》さん相手にこんなヤラシイ手打ってくるか……？」

きな臭《くさ》い匂《にお》いがする。それは燕青独特の、直感というべきものだったけれど。

「……なんか、まだめくってねー札があるって感じだな……」

この一件の裏に、何かが蠢《うごめ》いているような気がして、燕青は目を細めた。

●❋●❋●

秀麗のもとへ二通の書翰《しょかん》が届く、少し前――。

「縹家《ひょうけ》の――当主が秀麗と接触《せっしょく》した可能性がある？」

楸瑛《しゅうえい》の報告に、劉輝《りゅうき》は執務《しつむ》をする手を止めて妙な顔をした。

「……なんで秀麗なのだ?」

「……さあ」

つられてうっかり緊張感《きんちょう》のない返事をした楸瑛は、後ろから注がれる静蘭《せいらん》の氷柱《つらら》のような視線を受けて、コホンと咳払《せきばら》いした。……一応、自分が上官なのだが。

「……念のため、兵を少数動かして、貴陽で縹家にゆかりのある邸《やしき》や道寺《てら》などを内密に調べてみましたが、今のところ滞在《たいざい》の形跡《けいせき》はどこにもありませんね」

「秀麗が城で会ったというのなら、城のどこかにこっそり居候《いそうろう》してるのではないか」

静蘭は弟の呑気《のんき》さに額を押さえた。

「……主上、もう少し危機感をもってください」

「う、はい……。縹家か……」

蒼玄王の時代から七家とともに脈々と続いてきた名家。多く神事を司《つかさど》り、異能の力を持つがゆえに、よく民衆の心をつかみ、過去幾度《いくど》も政事の表舞台《おもてぶたい》に姿を現した。王家に従い、良治の一端《いったん》を担《にな》う時代もあれば、愚昧《ぐまい》な王を陰《かげ》から操《あやつ》り、政権を掌握《しょうあく》する時代もあった。先王が生まれた暗黒の大業年間が後者、縹家暗躍《あんやく》の時代だったことは、朝廷《ちょうてい》でもほんの一握《ひとにぎ》りの者しか知らぬ事実である。

茶太保《たいほ》でさえ縹英姫《えいき》を縹家から『攫《さら》わなければ』結婚《けっこん》できなかった。若き朝廷三師らをもってしても、平定に数十年を要した。表向きは先王の勝利と言えようが、決して表舞台に立たな

かったことで、正面切っての処罰《しょばつ》はほとんどできなかったとも聞いている。

「——危険です」

静蘭は厳しい表情のまま、低く呟《つぶや》いた。

「まったく、何を考えているのかさっぱりわかりませんが、あの縹家の当主が直々に貴陽にきたんですよ。密偵《みってい》を飛ばして捜《さが》させ、逐次《ちくじ》様子を報告させるべきだと思います」

「いやでも本当に何しにきたのだ？　当主自ら来ていて、余はかなり無視されてる気がする」

「そ・れ・を、調べるために密偵を飛ばしてくださいと申し上げてるんです」

にっこりと微笑《ほほえ》むその顔が怖《こわ》い。劉輝は思わず小さく首を竦《すく》めた。

（……まあ、静蘭が気を張るのもわからなくはないが……）

「……今の細作に見つけられるかどうか……。父の時代でさえ、彼らと互角《ごかく》に渡《わた》り合ったのはかの〝風の狼《おおかみ》〟たちだけと聞いている。それでも相当の犠牲《ぎせい》を払《はら》ったというが……楸瑛？」

「……難しいですね。縹家が政事の表舞台から姿を消し、沈黙《ちんもく》を守ってから数十年……現在、彼らの情報はほとんどつかめていません。やるだけはやってみますが——」

ふ、と静蘭の唇《くちびる》から皮肉げな微笑がこぼれた。

「沈黙を守ってから数十年……ですか？　本当にそうだと？　藍将軍」

楸瑛は表情を消すと、静蘭を真っ向から見据《みす》えた。

「……出過ぎるな。身分をわきまえろ、茈《し》静蘭」

「……失礼いたしました」

「こら、こら、喧嘩《けんか》をしてはいかん」

劉輝は机案《つくえ》の引き出しから何やら小さな壺《つぼ》をとりだした。

「二人ともこっちを向くのだ」

二人が振り返った瞬間《しゅんかん》、口にぽいぽいと何かが放《ほう》りこまれた。

——一拍《いっぱく》。

「〜〜〜〜〜〜っっっ!!」

二人の美貌《びぼう》の青年はそれぞれ高すぎる矜持《きょうじ》によって、かろうじて悲劇の舞《ま》いを踊《おど》り出す失態は回避《かいひ》した。それでもさすがに双方《そうほう》とも口をおさえて涙目《なみだめ》になった。

劉輝も自分で一つほおばり、きゅうっと『すごーく酸《す》っぱい顔』をした。

「この梅干しの品種名は『超《ちょう》仲直り梅干し』だそうだ。喧嘩した恋人《こいびと》たちに大人気商品だと霄太師がもってきた。頭も良くなるらしい。くそ、余が馬鹿《ばか》で秀麗を怒《おこ》らせると決めてかかってあのくそじじい……。まあ食べた以上、頭が良くなったはずだから喧嘩はできぬぞ」

また騙《だま》されている、と二人は思った。

「まあ、縹家の当主もちょっと気が向いて観光がてら貴陽まで足を運んだだけかもしれないが」

「…………」

「…………」

「せっかくきたのだから、余も会えるなら会って、新年の抱負《ほうふ》など聞くのもいいと思う。無駄《むだ》でも良いから一応捜索《そうさく》を。他にどこかから情報が入ったら、知らせてくれ。楸瑛」

「……はい」

「選ぶ必要はない。お前は、お前が大事に思うものを、いちばん先に考えて守ればよい」

「────」

落ち着いた声音《こわね》に、楸瑛は表情を変えないようにするのが精一杯《せいいっぱい》だった。

「……御意《ぎょい》」

ただそれだけを告げると、楸瑛は退出した。

静蘭はちらりと上官に視線を送ったあと、あとに残って劉輝に向き直った。

「あなたは甘い」

「……それではダメか？」

「藍将軍はあなたの〝花〟を受けたんですよ？」

劉輝は肯《うなず》いた。それでもいいのだ。知った上で、〝花〟を与《あた》えたのは自分だ。

静蘭は溜息《ためいき》をついた。その答えを即答《そくとう》できる弟が、嬉《うれ》しくも誇《ほこ》らしくもあるのだが。

「仕方ありません。周りが気をつけていればいいことですからね。お望みの道を行かれませ」

「その、静蘭……あまり楸瑛をいじめてはいかん」

静蘭はにっこりと笑って、答えずに退出の礼をとる。

残った劉輝は溜息をつきながらもうひとつ梅干しを食べて、酸っぱい顔をした。

第四章　官吏の決断

『彼女』を見た王直属の筆頭侍医《じい》・陶《とう》老師は仰天《ぎょうてん》した。

「あ…なたが、紅《こう》州牧ですと……!?」

秀麗《しゅうれい》は思わずスッ飛んでって陶老師を扉《とびら》の外に引きずりだした。

「しーっ、しーっ、あのコトはどうか内緒《ないしょ》に！」

秀麗が後宮入りしていたとき、賊《ぞく》に攫われ、仙洞宮《せんとうきゅう》に閉じこめられたことがあった。そのとき妙な薬を嗅《か》がされたか飲まされたかしたらしく、一時は生死の境をさまよった。静蘭《せいらん》もどこぞで怪我《けが》を負って重症《じゅうしょう》で、そのとき二人に手を尽《つ》くしてくれたのが陶老師だった。

つまりは、陶老師は秀麗が『貴妃《きひ》』だったことを知る数少ない人物なのである。

「誓《ちか》って不正及第《きゅうだい》はしてません！」

小声で囁《ささや》くと、ようやく落ち着きを取り戻《もど》した陶老師が苦笑《くしょう》を浮《う》かべた。

「……わかっておりますよ。他《ほか》ならぬ主上が、いちばんあなたを官吏《かんり》にさせたくなかったはずですからな」

陶老師は何かを思いだすように瞑目《めいもく》した。

「……あなたがお倒《たお》れになったときの主上のご様子は、今でもよく覚えております。平生、決して声を荒《あら》げることなどない主上の、あれほど取り乱されたお姿を見たのは、今も昔も、あのときぎりでございます」

この世でいちばん大切なものが掌《てのひら》をすり抜《ぬ》けていくときの絶望を、陶老師は垣間《かいま》見た。

『……いくな……っ』

あのときの、心が砕《くだ》け散るような声を、今でも陶老師は忘れられない。

助けられないことを詰《なじ》り、責め、心に任せて怒《ど》鳴《な》り散らしたことを、貴妃が助かったあとに恥《は》ずかしそうに謝りにきた王。

誰《だれ》よりもこのかたは紅貴妃を愛しておられると、わかったからこそ、貴妃が後宮を退いたと聞いたときは耳を疑ったものだ。

あのときから、王はまたひとりぼっちになってしまった。

「後宮に、お戻りになられるお気持ちはございませんか……?」

時折、誰かの姿を捜《さが》すように、ふっと遠くに視線を彷徨《さまよ》わせるのを、陶老師は知っている。

まるで、伴侶《はんりょ》をもがれた比翼《ひよく》の鳥のようなその姿が、あまりにも痛々しく、寂《さび》しそうで。

思わずこぼしてしまってから、陶老師はハッと口許《くちもと》を押さえた。

「申し訳ございません……。差し出た口をはさみました」

「……いいえ」

秀麗は意識して、深く息を吸った。

「……今の私は、茶《さ》州の州牧です。そのおつもりで、どうかお話を聞いてください」


工部尚書室《しょうしょしつ》には、秀麗と悠舜《ゆうしゅん》の他に、管《かん》尚書と欧陽侍郎《おうようじろう》、筆頭侍医陶老師を始めとする医官たちが大至急集められた。

そして、秀麗が話した茶州の事態に、全員色を変えた。

「マジかよ……」

さすがの管尚書もそれきり絶句し、欧陽侍郎も目を細めた。

悠舜も自分が不在の間に起きた出来事に、青ざめて厳しい表情を崩《くず》せなかった。

陶老師は筆頭侍医として、影月《えいげつ》から細かに報告された病状に険しい顔をした。

「……上腹部がふくれ、肌《はだ》が黄色くなる……話には聞いたことがございます。確か、山間部に時々広がる病にそういった症状《しょうじょう》があったはず……」

重い声音は、治療《ちりょう》法までは知らないことの証《あかし》でもあった。

陶老師以外に集まった若手医官たちも同様に顔を曇《くも》らせる。

ただ秀麗だけが落胆《らくたん》の色を見せず、櫂《かい》州牧のもとから運んできた箱を卓子の上に置いた。

「――実は、あるかたからこれらの巻書を預かりました」

秀麗は次々と箱から巻書を出していった。

陶老師もその一つを何気なく手にとった。ぱらりと開いて目を通し――瞠目《どうもく》するまでいくらもなかった。次いで秀麗に負けじと、猛然《もうぜん》と積み上がる巻書を片《かた》っ端《ぱし》から開いていく。

いつも冷静な陶老師の思わぬ姿に、弟子《でし》たちは驚《おどろ》いた。

「と、陶老師？」

「お前たちも見てみなさい……！」

叫《さけ》ぶような命令に目を白黒させながら、若手医官たちもそれぞれ巻書を手にとった。

――三拍《ぱく》のちには、全員から驚愕《きょうがく》の呻《うめ》きが上がった。

「嘘《うそ》でしょう……⁉」

「こ、これほどの医学書……こんな調合法があるなんて……⁉」

陶老師はわなわなと巻書をもつ手が震《ふる》えた。

「すばらしい……っ‼」

数十を数える巻書には、およそ国中で難病奇病《きびょう》と言われ、治療法どころか原因さえ解明されていなかった数多くの病の治療法が事細かに記されてあった。薬学に関してまとめられた巻書には、陶老師の知らぬ数多《あまた》の薬草と新薬の調合法及《およ》びその効能が記載《きさい》され、それらの膨大《ぼうだい》な新事実は既存《きそん》の薬学を根底から覆《くつがえ》すほどの衝撃《しょうげき》だった。

「こ、この書き手は……⁉」

陶老師があちこちひっくり返して著者名をさがし――小さく隅《すみ》に記された名に驚愕した。

「華眞《かしん》……⁉　まさか、あの華眞か⁉」

その名に、若い医官たちが弾《はじ》かれるように師匠《ししょう》を振《ふ》り仰《あお》いだ。

「華眞って……もしかして、あの伝説の神医・華娜《かだ》老師を輩出《はいしゅつ》した華《か》一族の⁉」

「医仙の寵児《いとしご》って渾名《あだな》されたっていう、神童・華眞ですか⁉」

飛び出てくる双《ふた》つ名に、さすがの秀麗も巻書をとりだす手を一時止めたほどだった。

しかし、医官たちのほうが混乱は大きかった。

「え、だって、確か、先王陛下の侍医になるのを拒否《きょひ》して、紅藍《こうらん》両家から破格の待遇《たいぐう》の申し出もことごとく蹴《け》って、いつのまにかどこかに消えたって……」

陶老師はかつて出会った少年を思いだす。

何百年も前、彩《さい》八仙に弟子入りして数々の医術を学んだという伝説の神医・華娜老師の血を引く医師一族。多く医学に長《た》けた者が輩出される中で、華眞は十代で華家に伝わるすべての医術を継承《けいしょう》した神童としてその名を馳《は》せた。

どこまでも志高く、心優《やさ》しかった彼は、大家のみに仕えることを拒否し、姿を消した。

『命に貴賤《きせん》はありますか？』

是《ぜ》であれ否であれ、彼は微笑《ほほえ》んで同じ言葉を返した。

『伸《の》べられた手の主が誰であっても、私のすることに何一つ変わりはありません』

あまねく世にしろしめす英主でも、身寄りのない赤子でも。

同じ『一人』の命を救うために、ただ全霊《ぜんれい》を賭《か》ける。

『ことあれば、お呼びください。どこからでも駆《か》けつけましょう。けれどこの広い昊《そら》の下、その手段も力も持たぬ人はどうすればいいでしょう？　私がもし好き勝手フラフラしておらず、誰かのお抱《かか》えになっていたら、こうして陛下のお役には立てませんでしたよ？』

だから、行きますと——差し出されたすべての地位も栄誉《えいよ》も躊躇《ためら》いなく振り捨てて、風のように姿を消した一人の青年。

先王陛下が病に臥《ふ》したとき、その言葉通りに彼は訪ねてきた。

先王は枕元《まくらもと》に彼を呼び、二人きりで話をし——そして華眞を追い返した。

『啖呵《たんか》きって出てったぶんのことをしてきやがれ、と言われてしまいました』

気を揉《も》んでいた陶老師に、出てきた華眞はそう苦笑いした。そして、ふっと眦《まなじり》から笑《え》みを消し、蒼玄王《そうげんおう》の再来とまで称《しょう》された覇王《はおう》の寝室《しんしつ》を見つめた。

『……陛下ほど傲慢《ごうまん》に、残酷《ざんこく》に、純粋《じゅんすい》に、人を愛するかたはいらっしゃらないでしょうね。私は誰の命も構わず勝手に救ってしまいますけど、陛下も誰を殺そうが、きっと後悔《こうかい》はしないのでしょう。残酷で、優しく、右手で誰かを殺して左手で誰かを救うことに矛盾《むじゅん》を感じぬ、決して後ろを振り返らずに駆け抜ける強烈《きょうれつ》な意志……後世、陛下はなんと称されるのでしょうね』

お前はお前の戦場へ行けと、言われたから行きますと、微笑んだ青年。

朝廷《ちょうてい》という戦場で、病床《びょうしょう》にありながら最後は我が子も、妾妃《つま》も、臣下も、処刑《しょけい》を命じた先王。

時を同じくして、華眞もまた、医師としての戦場に在りつづけた証が、ここにある。

医者として打ち震えるほどの感動と同時に、この医学書だけがここにあることの意味にも、陶老師は気づいた。

いつでも微笑みを絶やさず、この世の誰よりも命と生きることを愛した、彼は、もう――。

（華眞……っ）

医師としても人としても、かなうと思ったことさえなかった、若者。

衝撃にただ言葉もなかった陶老師を我に返らせたのは、秀麗の緊迫《きんぱく》した一声だった。

「陶老師！」

ハッと顔を上げると、秀麗の切迫《せっぱく》した眼差《まなざ》しとぶつかった。

「念のため、医官の半分を割《さ》いて朝廷所蔵の医書から杜《と》州牧が書き送ってきた病状と合致する記述をさらってください。もう半分のかたはこの巻書で照合を。大至急でお願いします」

いま、この瞬間にも、彼女の治める地で、病で死んでゆく者がいる。

華眞は、もういない。

『生き甲斐《がい》ではありません。その力と術《すべ》を求め、得た者の、するべきこと、です。陶老師』

いま、このとき、自分のもとにこの医学書が現れたことの意味。

「――半日、お待ちください」

陶老師の双眸《そうぼう》に医師としての自負と矜持《きょうじ》の光が揺《ゆ》れる。

「手の空いている全医官を即刻《そっこく》招集いたします。また、府庫《ふこ》の稀少《きしょう》蔵書室を借り切りたく存じます。州牧署名の入った書翰《しょかん》を至急ご用意ください」

「わかりました。四半刻のうちに用意します。よろしくお願いします」

巻書を手に室《へや》を出て行く陶老師に、若い医官たちも慌《あわ》ててあとに付き従う。

秀麗は残った工部尚書と侍郎に向き直った。

「――管尚書、欧陽侍郎。太常寺大医署を動かして医官を茶州へ派遣《はけん》する認可《にんか》をください」

主な薬師・医官の在官する太常寺大医署を、さらに上で統括《とうかつ》するのが工部だった。

管尚書は難しい顔を崩さなかった。

「……医官たちの地方派遣か……おい陽玉《ようぎょく》、今まで例はなかったよな？」

「……ええ。陛下が地方へ赴《おもむ》くときに付き添《そ》って行くことはありましたが……単独での派遣は前例がありません」

「今すぐ例つくってください。責任は私がとります」

管尚書がスッと目を細めた。

「いちばん上にいるモンが、簡単に責任とるとか言うんじゃねぇ。お前の肩《かた》に載《の》ってる茶州の責任はそんなに軽いもんじゃねぇだろ。しかもこの文《ふみ》からすっと――」

管尚書は燕青《えんせい》から届いた朱印《しゅいん》の文を指ではじいた。

「杜影月は州牧の仕事を副官に押しつけて現地に飛んでっちまったそうじゃねーか。子供だろうがなんだろーが、曲がりなりにも州牧拝命しといて――」

「自慢《じまん》じゃないですけど、私と影月くんにできることなんてほっとんどないんですよ！」

秀麗は卓子を力任せにぶっ叩《たた》いた。……本気で自慢にならないところが情けない。

「この件で必死で駆けずり回る州官たちのなか、一人ただ州牧机案《づくえ》に座って、青ざめながら上がってくる書翰に州牧印を捺《お》して――できることとっつったらそんくらいです！　びしばし采配《さいはい》ふって、先頭切って事態に対処して被害《ひがい》を最小限に食い止めるいちばん良い方法なんて、経験皆無《かいむ》の私たちよか、百戦錬磨《れんま》の州官たちのがよっぽどよくわかってんですよ!!」

「だからなんだ。それが経験皆無の州牧ができる唯一《ゆいいつ》の仕事だろ」

「わかってますよ。その通りですよ。私だったらおとなしくそーしてますよ。でも影月くんは、もう一つ別の方法で被害を食い止める手段を持ってた──」

秀麗は影月から来た文をひっつかんで管尚書の目の前につきつける。

「影月くんが一番最初にこの異変に気づきました。だから数十年に一度、閉《と》ざされた村の中で人知れず死んでいく人たちを、初めてすくいあげることができた。──お医者として」

管尚書は黙《だま》って秀麗を見つめ、一瞬《いっしゅん》だけ後ろに控《ひか》える悠舜に視線を投げる。

あの悠舜が、視線だけで射殺せそうな顔をしている。……それでもまだ何も言わない。

「いっときますけどね、管尚書だってこんなに早くお医者とかお薬とかの手配と他地区の被害《ひがい》把握《はあく》なんて、適切にできなかったと断言しちゃいますからね。影月くん名医なんですからね」

「……言うじゃねーか」

「影月くんはお医者としてやるべきことと言うべきこと──必要な情報全部州官たちに残してから、出てったんです。あとの采配は州官たちのほうがよっぽどわかってます。執務《しつむ》室で右も左もわからずにおろおろハンコ捺してるより、一つでも多くのお薬つくって一人でも多く茶州の民《たみ》を助けようとする選択《せんたく》は、茶州州牧として間違《まちが》ってますか。責任感なしですか」

「…………」

「影月くんの意志は私に託《たく》されました。影月くんは、お医者として州牧として、国の最高医師団の派遣でなくてはならないと判断したんです。なら私がするべきことは決まってます」

おそらくは、尽《つ》きていく命の時間を知った上で、迷わず駆けていった年下の友人。

人知れず病で全滅《ぜんめつ》したという、彼の故郷。

どんな思いで、彼は——。

繰《く》り返してはならないものが、ある。その力を持っているなら、なおさら。

秀麗の脳裏《のうり》に、王位争いで死んでゆく街の人をただ看取《みと》るしかなかった十年前が蘇《よみがえ》る。

ただ葬送《そうそう》の二胡《にこ》を弾《ひ》くしかなかったあのとき、いつも泣きながら宮城を見上げた。

あのお城にいるひとなら、その力があるのに、と。

「——こんなときに使える権力使わなくてどうするんですか。私の州牧位が人の命と引き替《か》えになるなんて上等じゃないですか。紅秀麗の州牧位なんて大したもんじゃないんですよ。私は燕青でも悠舜さんでもないし、管尚書や欧陽侍郎でもありません。今の私の替えなんて、いっくらでもきくんです。予備で間に合わせの替えの鬘《カツラ》みたいなもんですよ。なんたって私も影月くんも若さと無謀《むぼう》とハッタリと根性《こんじょう》と家名とかで送られた州牧二人なんですからね。そんなことないとかいって慰《なぐさ》めてくれなくたっていいです。何もできなくていつだって最高に悔《くや》しいのは私たちなんですからね!」

「けけけ、よっくわかってんじゃねーか。なあ陽玉」

「玉です。確かにすばらしく明快で正確な自己分析《ぶんせき》ですねぇ。拍手《はくしゅ》拍手」

パチパチと本当に拍手する欧陽侍郎に、秀麗はぷんぷんと怒《おこ》った。

「なんですって。少しは慰めてくださいよっっ」

管尚書は呵々《かか》と大笑《たいしょう》したのち、つと秀麗を見据《みす》えた。

「——それでも、お前が今の茶州州牧だ」

「そうです」

「未熟でもはったりでも、今の悠舜にゃ使えねぇ、お前しか持ってねぇ権力がある」

「その通りです。茶州州牧は、私です。茶州を守るのが私の仕事なんです。前例なんか知ったこっちゃありません。茶州のために、管尚書には最大限の協力を求めます。茶州州牧紅秀麗の名において、工部尚書管飛翔殿《かんひしょうどの》へ、国の最高医師団即時《そくじ》派遣の認可を要請《ようせい》します」

それは、拒絶《きょぜつ》を許さぬ州牧としての命令だった。

「今回は飲み比べやってる暇《ひま》なんてありません。もしダメだっておっしゃるなら、一服盛ってでも色仕掛《いろじか》けでも殴《なぐ》って気絶させてでも、ハンコもらって一筆書いていただきます。出世払《ばら》いにしてくださるなら、賄賂《わいろ》だって気前よく送っちゃおうじゃないですか」

「ふーん、色仕掛けできんのか」

「え、あ、まあ、い、いちばん不得手ですけど……胡蝶妓《こちょうねえ》さんに一夜漬《づ》けでなんとか……」

「あー無理無理。十年後に出直してこいや。それよか出世払いのがいい。なあ陽玉？」

「玉だっつってるでしょうがこの鶏頭《とりあたま》」

欧陽侍郎は悠舜を見て溜息《ためいき》をついた。

「とっとと答えないと、鄭州尹《ていしゅういん》に首を絞《し》められてしまいそうですよ」

「わーってら。──おい悠舜、オレにできるのは認可出すだけだぜ」

悠舜は気を落ち着けるように息を深く吸った。

「わかってます。とっとと書くもの書いて出すもの出してください。上層部は私と秀麗殿で黙らせます。それと、太常寺だけでなく他《ほか》の医薬関係の部署とも交渉《こうしょう》して動かしてください。馬車関係も工部なら顔が利《き》くでしょう。即刻最速の馬車を二十両用意させて、三日のうちには出立できるように準備を。念のため、他に十両ほど予備車両として確保をお願いします」

さらなる無茶苦茶な要請に管尚書と欧陽侍郎は顔を見合わせた。

「……お前、ほんっと政事《まつりごと》になると遠慮《えんりょ》なくこき使ってくれるよな……」

「なんです。お金も出して頂けるんですか」

「そーいうのは奇人《きじん》に言え。──いいか、医師団の派遣っつっても、はっきりいってそんなに数は出せねーぞ。いつ何時主上に何があるかわかんねーんだからな。陶老師はまず無理だ。そのうえでせいぜい半分くれーしか出せねーぞ。いくら腕《うで》がよくても数が絶対に足りねぇ。もちろん、薬もな」

悠舜が秀麗を見ると、秀麗は厳しい面差《おもざ》しのまま肯《うなず》きを返した。言わずともわかっていることを知り、悠舜は小さく微笑した。

「──考えはあります。なんとかします」

管尚書は筆を執《と》りながら、二通のうち、燕青から来た文に視線を送った。

「おい嬢《じょう》ちゃん、茶州に戻《もど》んのか」

「戻ります」

間髪《かんはつ》入れずに返ってきた答えに、管尚書と欧陽侍郎はわずかに押し黙った。

「そーかよ。ま、せいぜい頑張《がんば》れや。——さっき出世払いって言いやがったな？」

「はい」

『私の替えなんていくらでもきく』というこの娘《むすめ》の言葉は、まったく事実だ。

——今は。

「約束破んじゃねーぞ。どんなに叩き落とされても、きっちり出世してこいや」

秀麗は一拍《いっぱく》だけ、返事が遅《おく》れた。そして——。

「——最大限、努力します」

精一杯《せいいっぱい》、笑ってみせた。


「杜州牧！　こんなところに——」

単身、馬で虎林《こりん》郡府へ駆《か》けてきた杜州牧に、さしもの冷静な丙《へい》太守も仰天《ぎょうてん》した。

「なぜ御《おん》自らたった一人でいらせられました！　軽率《けいそつ》ですぞ!!」

すぐさま州牧としての責務を厳しく説いて追い返そうとしたが、影月の歳《とし》に似合わぬ大人びて決然とした表情に口をつぐむ。

「わかってます。けれど、州城で僕が揮《ふる》える采配《さいはい》はすべてしてきました。残る州牧のお仕事に関しては、僕以上に適切な判断をくだせるかたがたくさんいます。ですが、今回の病について、今のところいちばん知識をもっているのは僕です。書面では心許《こころもと》ないこともあります。州府にいるよりは、現地に飛んだ方がお役に立てると判断しました」

事前に、影月から直々に病についての指示をもらってはいたので、その言葉に嘘《うそ》はないことはわかる。しかし丙太守は州牧にあるまじき行為《こうい》だとやはり懇々《こんこん》とお説教をした。

とはいえ、ふらふら出歩く州牧は燕青で十年の免疫《めんえき》ができていたし、正確な情報が必要なこともわかっている。丙太守は燕青に居場所の連絡《れんらく》を入れることを条件に郡府に迎《むか》え入れた。

事前に書き送った書翰《しょかん》の情報を、もう一度影月は細かにそうざらった。

「この病は、他の病とは少し違います。ある特別な条件下で起こりえるものです」

影月は何一つ異変なく何回も迎えた西華《せいか》村での冬を思い出す。

「……この病は毎年発生するわけではありません。いつもよりずっと早い冬が来た年に流行《はや》る——そうでしたよね？」

「ええ。村々でそういった報告は受けました」

「冬が早いということは、秋が短いということです。それは山菜や木の実や山果実といった、秋の収穫《しゅうかく》が減ることになります。早く冬がきてしまったせいで、山の動物たちは冬を越《こ》すための充分《じゅうぶん》な食糧《しょくりょう》を蓄《たくわ》えることができず、食糧を求めて縄張《なわば》りを越え、人里へ降りてくる——」

丙大守はすぐに書翰の内容を思い返し――察した。

「ユキギツネ……」

「そうです。低地に飛び跳《は》ねる普通《ふつう》のウサギやリス、キツネならば、季節を問わず人との接《せっ》触《しょく》は日常的にあります。この病で唯一《ゆいいつ》例年と違うのは、人跡未踏《じんせきみとう》に近い千里《せんり》山脈の高地に縄張りをもち、滅多《めった》に人に近づかないユキギツネの人里での目撃《もくげき》情報――」

ユキギツネが人里へ降りてくるのは、よほど食糧に困っているときぐらいしかない。それに当てはまるのは『早い冬』。そしてこの奇病《きびょう》の罹患《りかん》は、もう山には山菜も果実もほとんど何も残っていない、秋から冬の終わり。

冬に入り、ユキギツネが高地に戻ってしまってから、発症《はっしょう》――。

「多分、ユキギツネが人の体に病を及《およ》ぼす『何か』をもっているんです。人里に降りてきたユキギツネはその『何か』を落として、人は知らずにそれを体の中に入れてしまい、発病――」

「ですが、ユキギツネは人里に降りてはきても、人との接触など無に等しいのですぞ。逃《に》げ足の速さはオオカミにも優《まさ》る。村人のほとんどが発病するなど――」

「ユキギツネと直接接触しなくとも、その『何か』を村人のほとんどが口に入れてしまう環《かん》境《きょう》があります」

影月は瞑目《めいもく》した。西華村の長老が最後に言い残し、各地にも残る同じような伝承。

『いつもより早い冬がきたとき、水のなかから魔物《まもの》がやってくる――』

それが意味することは――。

「……水、です」

小さな村になればなるほど、水の汲《く》み場所は同一となることが多い。井戸《いど》であれ、川であれ、毎日誰《だれ》もが同じ場所から水を汲み、飲料水として口に入れる。

「もし、その水の中に、ユキギツネがその『何か』を落としていったとしたら」

同じ時期に、その『何か』が混入した水を飲んだ大量の発病者が出る――。

「人から人への伝染《でんせん》ではないことは、バラバラに発病することから見当がつきます。人への伝染なら、まず家族内で次々発症し、そこを起点として同心円状に広がったりするのが普通です。ですがこの奇病は近親に関係なくあっちこっちで唐突《とうとつ》に発症します。無差別に見えますが、それは単に水を飲み、『何か』を摂取《せっしゅ》した時期に差があるだけなんです」

「……だから、水を使うときは必ず煮沸《しゃふつ》せよとおっしゃったのですか……！」

「はい。水中のものは冷気には強いですが、熱には非常に弱いものです。水の中に何がいるとしても、煮沸すれば死滅《しめつ》するはずです。それに発病者に外傷がないことから、経口摂取……つまり口や鼻などからの進入の可能性が高い。原始的ですけど、一度煮沸したぬるま湯でこまめに手を洗うことも有効です。……ユキギツネを見かけたくらいの時期なら……ですけど」

罹患し、体内に入ってしまってからでは、もう遅《おそ》い――。

「……失礼ですが、それほどこの病にお詳《くわ》しいのはなぜですか？」

影月は高峰《こうほう》連なる千里山脈を見上げた。……あの山の向こうに、西華村はあった。

「……国試を受ける前、僕のいた村は、僕と僕に医術を教えてくれた師をのぞいて、同じ病で全滅《ぜんめつ》したんです」

一拍おいて、丙太守は息を呑《の》んだ。

影月は瞑目した。むりやり、運命を曲げてまで我儘《わがまま》を貫《つらぬ》いたひと。

二人きりになってしまった村で、自分は必死に国試の勉強をした。そして堂主《どうしゅ》様は――。

「師はこの病の原因と治療《ちりょう》法をずっと調べつづけていました。今の僕がもつ知識は、僕が師と別れて国試受験のために村をでる直前までに師が究明していたことなんです」

「……では、治療法までは――……」

「あります」

――約束だよ。悲しいとき以外はなるべく笑うこと。いつだって生きることをあきらめないこと。そしてね、私も君に約束するよ――……。

『この病の原因と治療法を、必ず見つけてみせるよ。……私は、傲《おご》っていたね。この国には、まだまだ原因不明の病が、たくさんある。この病だけじゃない。君を見送ったら、私も旅に出るよ。君がくれた命の最期《さいご》の時まで、私は私の在るべき戦場で戦ってみせる』

影月は官吏《かんり》として。堂主様はお医者として。

最期の時まで、それぞれの道を歩むことを決めた。

西華村を出たあのときが、互《たが》いに最後の別れだとわかっていた。

ぼろぼろと泣く影月に、約束をくれた堂主様。

堂主様は、絶対に約束を破らない。きっと誰かに治療法を託《たく》している――。

不意に脳裏《のうり》に浮《う》かぶのは、秀麗の顔。

いつだって、最善を尽《つ》くしてくれるひと。

彼女がもってきてくれる――なぜか、そんな気がした。

「治療法は、絶対あります。王都から、必ず到着《とうちゃく》します。そのときまで最善を尽くすのが僕の役目です。どうか、僕に力を貸してください」

勁《つよ》い意志のこもった眼差《まなざ》しに、丙太守は頷《うなず》くように睫毛《まつげ》を伏《ふ》せた。

「……あなたのいち早い指示のおかげで病の早期発見がなり、『予防』が間に合った村や街も多くあります。あとは、発病してしまった者の治療と――」

不意に、丙太守の表情に翳《かげ》りが差した。

「ここにいらっしゃったのが、紅州牧でなくて本当によかった」

「え?」

「実は――……」

丙太守から初めて〝邪仙教《じゃせんきょう》〟の動向を聞き知った影月は瞠目《どうもく》した。

「じゃあ、もしかしていま石榮村《せきえい》は――」

「……ええ。紅州牧がいらっしゃっていたら大変なことになっていたはずです。浪州尹《ろうしゅういん》に文《ふみ》を出しておいたので、ここまでいらっしゃることはないでしょうが――」

「――すぐに石榮村に出立します」

影月は即座《そくざ》に立ち上がった。

「秀麗さんは必ずきます」

「なんですと」

「きます。誰がなんと言おうと、必ずお医者と薬を伴《ともな》って王都からこの虎林郡へ向かってきます。僕が知っている秀麗さんは、そういうひとです」

病の蔓延《まんえん》する村へあえて行くために、たった一人で駆《か》けてきた少年。

すべての全権を浪州尹に預けてきても、彼もまた『州牧』だった。

「丙太守、断言します。病が秀麗さんのせいなんて、絶対にあり得ません」

「それはもちろん――」

「けれど、その〝邪仙教〟がそういったことを言いふらし、信じる者が多く出始めている以上、秀麗さん自身がここへこなければ、事態は収束しないでしょう」

「…………」

「だから、きます。たとえどんな目に遭《あ》うかわかっていても――」

影月は深々と丙太守に頭を下げた。

「秀麗さんがくるまで、僕もできる限りのことをしておきます。丙太守、今まで以上に〝邪仙教〟をよく見ておいてください。……少し、妙《みよう》な気がします」

「妙？」

「『一人も発病者が出ていない』というのが事実だからこそ、村の方々も入信するのでしょう。燕青さんが茗才《めいさい》さんから〝邪仙教〟の報告を受けたのは秋の終わり――ということは、その前から〝邪仙教〟というのは山で生活していたわけですよね」

「ええ……。……――っ！」

「そうです。罹患の時期によりにもよってユキギツネの飛び回る山にいながら、一人も発病者がいないというのは、どう考えてもおかしい。ですが、この奇病はユキギツネで流行を察知し、『水を煮沸』するという予防法を知っていれば、防げる病でもあります」

「……ま…さか、この病の流行と予防法を知りながら、黙《だま》っていた――と？」

「断言はできません。ですが――」

いつも穏《おだ》やかに微笑《ほほえ》む影月の瞳《ひとみ》が、怒《いか》りに険しくつり上がる。

「もしそうなら、僕は絶対に許しません」

雪に埋《うず》もれた、山深き小さな小さな村。

もし、あのとき、自分や堂主様が流行の兆《きざ》しと、予防を知っていたなら――。

誰か、この治療法を知っていたなら――と。

無力と後悔《こうかい》。流した涙《なみだ》と、喪《うしな》った多くの大切な命。

絶望。

その方法を知っていながら、何もせずに放《ほう》っておいたとしたら。

「絶対に、許しません……っ！」

喪われた命は、もう、二度と戻《もど》らない。

何が目的であろうと、生命《いのち》を弄《もてあそ》ぶ者を、影月は決して許さない。

「一つだけわかるのは、〝邪仙教〟に入っても、絶対に病は治らないということだけです。もし治療法を知っていて、それで『転ばせ』ようとしているなら、これほどの死者は出ていないはずです。山に連れて行かれたというひとは、ただ死を待つだけ――」

もしも、治療法を知らないくせに、ただ病が広がるのを見ていただけだとしたら。

「そんなのの只中にあれば、錯綜《さくそう》する不確かな情報で混乱し、死期が早まるだけです。用意を終えたら、すぐに石榮村に発《た》ちます。郡府から案内役をお願いします」

「わ――」

「丙太守はいらっしゃってはいけませんよ。虎林郡府で、まだすべきことがあるでしょう？」

「……杜州牧が向かわれて私が留《とど》まるとは、おかしいとは思われませんか」

「ぜんぜんおかしくないです。疲《つか》れからくる気のせいですー。青汁つくっていきましょうか」

「青汁なら健康のために毎日飲んでおりますが、私とて命を惜《お》しむつもりはありませんぞ」

「惜しんでください」

影月は丙太守の血の通って温かい手をとった。

「惜しんでください。そんなことを言わないで。とてもとても大切なものなんです」

それさえあれば、無限の未来と可能性がひらける、たったひとつの希望。

丙太守は一瞬《いっしゅん》恥じて詰《つ》まったのち、同時に影月の手を逆につかんだ。

「ならばなおさら私などより――」

「あ、僕は惜しんできましたよー。ものすごーく惜しんできました。命の惜しみかたなら国で三指に入る自信があります。もちろんこれからも命は惜しみますから、ご心配なく――」

「……あなたと紅州牧は茶州の州牧です」

「はい。でも官吏は、上司を守るのがお仕事ですか？」

十四歳の少年が、官吏にとっていちばん大切なことはなんだと、訊《き》いてくる。

丙太守は、初めて、この小さな州牧の下《もと》で働いてみたいと、心から思った。

「……お約束願えますか。決して無理はしないこと、絶対に帰ってくることを」

沈黙《ちんもく》は、一拍《いっぱく》。そして――。

「――最大限、努力します」

命を惜しんでも、尽きていく時間を知っている影月には、ただそれしか言えなかった。

「丙太守、これから何が起こっても、どうか秀麗さんに力を貸してあげてください」

丙太守は返事のかわりに、州牧に対する正式な跪拝《きはい》の礼をとった。

影月は微笑み、そしてその日のうちに、もっとも病が広がる石榮村に飛んだ。

● ❋ ● ❋ ●

「――これか……っ！」
日が沈《しず》む頃《ころ》――陶老師は華眞の記した書物のなかの一冊、ある記述の場所で手を止めた。紙《し》幅《ふく》を大きく費《つい》やし、今まで調べたなかでもいっそう事細かに記されたそれは、積み重なる巻書の中でもいちばん最初に書かれたものらしく、紙も古びてボロボロになりかけていた。

「ありましたか⁉」

若手の医官たちが歓声《かんせい》を上げて陶老師の下《もと》に次々と飛んでくる。

「……症例《しょうれい》は千里山脈を挟《はさ》んで反対側の山間部……冬の初めの発症《はっしょう》……場所、条件、発病時期ともに酷似《こくじ》。症状《しょうじょう》は……黄疸《おうだん》、掌《てのひら》の紅斑《こうはん》と指の屈曲《くっきょく》、腹水、足の浮腫《むくみ》……なるほど。確かに、同一の可能性は非常に高いですね……！」

「すごい！　感染《かんせん》経路と予防まで記されて――え……」

明るく沸《わ》いた空気は、すぐにしんと静まりかえる。

その先の治療《ちりょう》法まですでに読破していた陶老師の手が、ぶるぶると震《ふる》える。

「こん……こんな――」

伝説の神医・華娜《かだ》老師の血を引き、代々秘伝の医術をあまた継承《けいしょう》してきた華《か》一族。

そのなかでも医仙《いせん》の寵児《いとしご》とまで称《しょう》された麒麟児《きりんじ》・華眞《しん》。

治療法は確かに記されてある。けれど、これは――。

「人体切開……っ‼」

華家に代々伝わると噂《うわさ》されてきた、華娜老師伝来の秘術の一つ。

――今この世で華眞でなければできぬ、究極の医術法だった。

第五章 伝説の医仙

「治療が、できない……？」

陶《とう》老師に呼ばれて飛んでいった秀麗《しゅうれい》は、告げられた言葉に呆然《ぼうぜん》とした。

このときまでには悠舜《ゆうしゅん》の他《ほか》に、知らせを受けた柴凜《さいりん》と茶克洵《さこくじゅん》も急遽《きゅうきょ》登城してきていた。

故郷の地で起こったとんでもない事態を耳にして、二人ともに衝撃《しょうげき》で顔を強張《こわば》らせていたのだが、陶老師の一声にますます青ざめる。

静まりかえった室内の中、秀麗は必死で落ち着こうと努力した。

「……理由を、お聞かせ願えますか？」

陶老師は例の巻書を取り出し、見えるように卓子に広げて見せた。

「……この病の原因は、〝虫〟です」

「虫？　虫が体内に巣くったっていうんですか？」

「そうです。この記述によると、千里《せんり》山脈の高地に暮らす……主にユキギツネが、その虫の宿主となっているようです。ユキギツネの糞《ふん》とともに虫卵《ちゅうらん》は排出《はいしゅつ》されます。ですからユキギツネの縄張《なわば》りで、たとえば山菜や山果実を採って、卵がついているのに気づかずにうっかり食べてしまうと、虫卵が人体に入り込み、体内で孵化《ふか》、成長する――」

克洵は気持ち悪さに青ざめて口を押さえた。

「しかしいちばん可能性が高く、かつ集団発生しやすいのは、ユキギツネが虫卵を含《ふく》んだ糞を井戸《いど》や川に落とし、知らずにその水を経口摂取《せっしゅ》することだと記されております」

陶老師は影月《えいげつ》から届いた書翰《しょかん》に感嘆《かんたん》の眼差《まなざ》しを向けた。

「ですから、杜《と》州牧のとった迅速《じんそく》な処置は非常に適切で的を射ています。調べたところユキギツネの数は少なく、縄張りの分布も限りがありますから、まだユキギツネが降りてこない場所での『予防』は充分《じゅうぶん》功を奏し、被害《ひがい》は最小限に食い止められたと思います」

秀麗は事態を理解し、焦《あせ》りを抑《おさ》えるためにも、あえて結論を急がなかった。

「発病してしまったひとは……その『虫』が、つまりは原因なんですよね？」

「そうです。孵化し、成長した虫のために、体内が蝕《むしば》まれていくのです」

「……確か、他にも虫が体内に入り込む病って、ありましたよね？　虫下しとかで――」

「……この病の場合、虫下し等の服用薬はほとんど意味がないのです」

陶老師は筆をとり、料紙にさらさらと何かの絵を描《か》き記した。

それは、ぼこぼこと袋《ふくろ》がくっついてできる、蜂《はち》の巣に似ていた。

「その虫は、こういった袋状の『家』をつくり、そのなかで増殖《ぞうしょく》し、育ちます。つまり、薬を投与《とうよ》してもこの『家』に阻《はば》まれて、効果がないのです。治療は、この袋ごと取り出すしかないと、巻書には記されておりました」

秀麗は意味がよくわからずに額を押さえた。

「……え。袋ごと、とりだす？　って……、体の中にあるものをどうやって……」

記憶《きおく》を探《さぐ》っていた悠舜はハッと陶老師を見上げた。

「まさか――華娜《かだ》老師の」

「……はい。人体切開、です」

――しん、と、沈黙が落ちた。

克洵は自分の耳がおかしくなったのかと思った。

「……じ、人体切開って、ま、まさか、お腹《なか》切っちゃったり……なーんちゃってアハ」

「なーんちゃってです。そうして虫を袋ごとカポッと取り出すのです」

陶老師は、患者《かんじゃ》の家族（？）の衝撃を何とか緩和《かんわ》しようと精一杯頑張《せいいっぱいがんば》ったが、失敗した。

克洵は顎《あご》がはずれそうになった。

「だ、だって、お腹切ってあとどうすんです⁉　その虫を取り除《のぞ》けたって、お腹切って生きてられるわけないじゃないですか！　破れた袖《そで》とかなら、春姫《しゅんき》が縫《ぬ》ってくれますけど――」

陶老師は無言でカリカリとこめかみのあたりをかいた。

他の若手医官もそれぞれ目をそらした。

それだけでその場の誰《だれ》もが理解した。

「――え⁉　ええっ⁉　まさかほんっとうに縫い合わせせんですか⁉　だ、だってお魚だって、さばいたら終わりじゃないですか！　縫い合わせても生き返りませんよ⁉　えっ、秀麗さん、しかも最初に首を落として、生きたままお腹さばいて、生き返りましたっけ⁉」

「え、いや、だって常に食欲優先で縫うなんて考えたことも……。しかも最初に首を落として
昇天《しょうてん》させてるから、さばく前にすでに死んでるんだけど……うーん、生きたまま
また縫えば、泳ぎだしたりするのかしら……？」

　秀麗の言葉に、柴凜もある話を思い出した。

「ふむ。そういえば私も、凄腕《すごうで》の庖丁《りょうりにん》なら、スパッと腹をさばいて魚卵を取り出して放すと、その切れ味の鋭《するど》さに魚も切られたことに気づかずにまた普通《ふつう》に泳ぎ出すと聞いたことがあるな。あ、あと凄腕の剣士《けんし》が気合い入れて大根を切ると、一刀両断したあとにまたくっつくとか」

　陶老師は意気込んだ。

「そうですそうです。まあそんな感じで、死ぬ前に縫い合わせるのです」

　しかし克洵は騙《だま》されなかった。ぶんぶんと首を振《ふ》った。

「ああありえないですよ！　大根じゃないんですから、切れば血だって出ちゃうんですよ⁉

しかも縫うって！　腹を縫う！　ぎゃー考えるだけでめちゃめちゃ痛いじゃないですかー‼」

「いいえ、でも指を切っても放《ほう》っておけば自然とふさがるでしょう？　とりあえず縫っておけば、また自然にくっつくものなのです。……理論上は……」

「と、陶師匠《ししょう》、せっかくイイ感じだったのに！　最後のひとことはいっちゃダメですよー！」

　ポッと本音を漏《も》らした師匠に、慌《あわ》てて弟子《でし》たちが小声でたしなめたが、もう遅《おそ》かった。

　理論上というひと言が、静まりかえった室内に延々とむなしく木霊《こだま》した。

コホン、と悠舜が咳払《せきばら》いをした。

「……確かに、戦場では役に立たなくなった腕《うで》を切り落とす話は伺《うかが》いますが」

「はい。そのままだと腕からどんどん腐《くさ》って結局死に至ることが知られているからです」

腕から腐るという言葉に、克洵は踊《おど》り出したくなった。もう何かしていないとすさまじい話の数々に小さな蚤《ノミ》の心腑《しんぷ》が耐《た》えられそうにない。

「腕一本切り落としても、生きてる方はいらっしゃいますね」

「ええ。……しかしそれがもとで命を落とす方もおります。運、と兵士の間では言われているようですが……。確かに個々の体力や生命力は関係がありますが、おそらくいちばんの問題は切断の仕方、そのあとの対処法によって命運がわかれるのです」

「――はっきりお伺いいたしましょう。そこまで詳《くわ》しくわかっていながら、さきほど、治療は無理と仰《おつしや》いましたね？　なぜですか？」

陶老師をはじめ、医官たちが悔《くや》しそうにうなだれた。

ぐっと、陶老師は皺《しわ》の刻まれた手を白くなるほど握《にぎ》りしめた。

「……高度すぎるのです……」

絞《しぼ》り出すように、陶老師は無力を吐露《とろ》した。

「あまりにも、今の私たちにとって、高度な技術すぎるのです。人体切開の術は、過去いくつもの例があります。けれど、そのほとんどが失敗に終わっています。腕を落とすならまだしも、命の源が詰《つ》まっている腹を切り開くのは、相当の危険が伴《ともな》います。先ほどの例で言えば、よほどの名庖丁人《りょうりにん》でない限り、腹をさばいた魚が二度と生き返らないのと同じです……」

陶老師は、昔々に華眞《かしん》の人体切開を見た記憶がある。

素晴《すば》らしい技《わざ》だった。そして——人生の終わりまでに、自分の医術はそこまで辿《たど》り着けるだろうかと、思った。

「人体切開の開祖は華娜《かだ》老師と言われております……。華家《か》には、人体切開に関するいくつもの秘術が脈々と受け継《つ》がれていると聞きます。人体切開を成功させた医師のほとんどが華姓《せい》なのです。けれどその多くは、親から子へ、口伝と経験によって受け継がれる……」

それを受け継いだ、華眞はもういない。

「……私がもっと、若ければ——」

陶老師は自分の皺深い手を、顔をゆがめて睨《にら》み付けた。

医官のなかで、あの技術を見たのは、自分だけだ。たとえ見よう見真似《まね》でも何でも——。

けれど、年老いて自分の目はかすみ、手の震《ふる》えも覚えるようになった。

「若…ければ——！」

悔しい。悔しい。あの若者の、志を、その心と技術を、人の命を——。

つなぐことができないなんて。

一度もその医術を見たことのない医官では、人体切開など論外だ。薬の調合ではないのだ。

多くの優《すぐ》れた医者でも、失敗してきた超《ちょう》高等医術。何もわからぬ素人《しろうと》が、本を見ながらおそるおそる魚をさばいたってぐしゃぐしゃになるだけだ。たとえ切開法が細かく巻書に記されていても——力加減や、切除の仕方や、切開の早さで、命は簡単に失われる。

人の体は、しぶとくて、同時にとても、もろい。

せめて、一人でも、切開の指導ができる医者がいれば——。

「……誰か、いないんですか」

秀麗の言葉に、陶老師は顔を上げた。

「他《ほか》に、誰か、成功したかたは、いないんですか。噂《うわさ》でも何でも」

あきらめない秀麗の声に、ややあって一人の若手医官が躊躇《ためら》うように口をひらいた。

「……その、ぼく、一人、知ってるかもしれません」

いっせいに突き刺《さ》さってきた視線にうろたえつつも、医官は昔を思い出した。

「国中を巡《めぐ》ってるっていうお医者で、今はどこにいるかはわからないんですけど……。その、里帰りしたときに聞いた話で、ぼくがその場にいたわけじゃないし。……ずっと前、故郷の村長がお腹にしこりみたいなものができて痛がってたときがあったそうで、ちょうど村に滞在《たいざい》していたお医者に治療《ちりょう》してもらったっていうんです。村長はそのとき、腹を切られて、石が出てきたら治ったっていうんですよ。見たら本当に微《かす》かに縫い合わせたような痕《あと》もあって。でも職業上、そんなことできる名医がふらふらしてるわけないって思ったんですけど——」

「……なぁ、それって華眞さんとかいうオチじゃないだろな」

ビシッと入った同僚《どうりょう》のつっこみに、若い医官は慌てて首を横に振った。

「違《ちが》うよ。お前だって名前聞いたら驚《おどろ》くよ。ぼくも宮城にあがってその名前知って、ものすごい驚いたもん。当代一の医仙《いせん》ていわれてる、あの人だったんだよ」

陶老師をはじめとする医官たちがそろってぎょっと息を呑《の》んだ。

「――うっそ、マジでいたんかよ⁉」

「オレ噂だけの眉唾《まゆつば》だと思ってたぜ！」

「てゆーかまだ生きてんの⁉　ナニモノだよ」

思わず素に戻《もど》っている若い医官たちに、秀麗はパン！　と両手を打った。

「はい、そこまで。陶老師、そのかたは？」

「……華眞と違って、名前以外、素性《すじょう》は一切《いっさい》わかりません。けれど医者になれば必ずどこかで耳にする名です。どこでそれほどの医術を修めたのか、一切謎《なぞ》に包まれておりますが……」

「名医なんですね？」

「他ならぬ華眞も、いつかお会いしたいと申していたほどです。華眞が旅に出たのも、その方の影響《えいきょう》が非常に大きいのです。ひとつところに留《とど》まることのない、放浪《ほうろう》の医仙……」

「そ、そ、その人の名は⁉」

その名を聞いたとき、秀麗は――目を、点にした。

室《へや》の扉《とびら》を蹴《け》破《やぶ》って、秀麗は裾《すそ》をからげて回廊《かいろう》を爆走《ばくそう》した。

まるで行き倒《だお》れかけた馬が人参《にんじん》に向かって一目散に全力疾走《しっそう》するようなすさまじい気迫《きはく》に、

誰《だれ》もが道を譲《ゆず》って啞然《あぜん》と姫《ひめ》州牧の背を見送った。

『ぼく……お馬より速く走る女の人、初めて見ました……』

殿上していた幼い侍僮《じどう》は、のちにそのときのことを涙《なみだ》ぐんでそう漏らしたほどであった。

秀麗は鬼気迫《ききせま》る形相で回廊を駆《か》けながら、外門までの道筋をはじきだす。一つ先の回廊を曲がったところで庭院《にわ》を突っ切るのが軒《くるま》を使える外門までの最短距離《きょり》と算出すると、迷わず実行するために回廊を曲がった。

「――うおおう？　秀麗殿、ずいぶん急いでおるのう」

「あ、お久しぶりです霄《しょう》太師！　すみませんご挨拶《あいさつ》はまたのちほどゆっくり――」

二人連れの霄太師のそばを駆け抜《ぬ》け――ぴたりと足を止める。

勢いよく振り返ると、霄太師の隣《となり》にいた老人がひょいっと手をふった。

「ほっほ、久しぶりじゃのー、秀麗嬢《じょう》ちゃん。風邪《かぜ》なんかひいてないかの？」

秀麗はよくお世話になっているご近所のお医者に、ぷるぷると震えた。

――そういえば、このお医者は霄太師とも知り合いだったのだ。

夏バテの特効薬を普通《ふつう》にもらっちゃったりしていたが、タダモノであるわけがなかった。

「よ、よ、葉医師《ようせんせい》――――っっっ!!」

華眞をしのぐ医仙・葉棕庚《ようしゅこう》のあっさりした出没《しゅつぼつ》に、陶老師以下、医官全員が固まった。

「霄のバカに突然《とつぜん》呼び出されたときはなにごとかと思ったがの……」

葉医師は固まっている医官たちに構わず、華眞が記した巻書を次々とめくっていった。

いつも人好きのする笑《え》みを浮《う》かべるその顔から、表情が消えていく。

「……人、というものはまったく……」

どこまでもどこまでも、生きることをあきらめない。

たった一人でも、こんな風にいつだって不可能を越《こ》えていく。

その、果てしない想《おも》いの力。

「え？」

「うんにゃ、よくここまで、と、思ってのう……」

「できますか⁉」

「嬢ちゃんの頼《たの》みじゃ、引き受けないわけにゃあいかんの。貴陽《きよう》にもだいぶ長居しすぎたし、そろそろ茶州あたりに行ってみようと思ってたんじゃい」

その言葉に、陶老師はようやく我に返った。

「で、では、人体切開の術を……っ⁉」

「あーまあ、できるできる～」

まさか華娜に最初に伝授したのは自分とは言えず、葉医師は適当にお茶を濁《にご》した。

「が、のう……。器具が必要なんじゃが……参ったのう。自分用の数本しかないんじゃ。万一に備えて一応使えるように研《と》いじゃおったが……患者《かんじゃ》がそんなに大量にいるならとても足りんわい。しかもド素人にも扱《あつか》わせるとなると――」

ちらっと葉医師が若手医官たちに視線を送ると、医官たちはぎょっと飛び上がった。

「え⁉　ま、まさか私たちもやるんですかッ⁉」

「わし一人に何十人も腹さばかせつづけるつもりかい。老人いたわれっつーの。なんじゃい、お前さんらも一緒《いっしょ》に茶州に行くんじゃろ？」

「え、いや、あの、ででででも――」

おろおろする弟子《でし》たちに、見ていた陶老師はわなわなと震え――くわっと目を剝《む》いた。次いでぺぺぺぺん！　と手にした笏《しゃく》で問答無用に弟子たちの頭をはたいていく。

「こんの贅沢者《ぜいたくもの》めらがっ‼」

「と、陶師匠《ししょう》……？」

「迷うやつがあるか‼　わしが若けりゃ一も二もなく飛んでってついてったわ！　当代随一《ずいいち》の医術を拝める機会をフイにするつもりかこの小僧《こぞう》ども！　いいか、あの華眞でさえ教えを請《こ》いたいと切望していたお人だぞ！　おおその若さよこせ！　そしたらわしが行くっ」

「うわー落ち着いてください師匠！」

「そんなに怒《おこ》るとポックリ逝《い》っちゃいますって！」

「医師として……どれほどの宝を受け継《つ》げるのか、今しかないこの機会を……ッ！」

怒髪《どはつ》天を衝《つ》いて悔《くや》しそうにバンバンと卓子を叩《たた》く陶老師を、弟子たちが必死でなだめる。

「わかってます。ぼく、行きます」

「そうですよ。行かないなんて言ってないじゃないですか」

「おれたち、陶老師の直弟子ですよ？」

陶老師はピタリと卓子を叩くのをやめた。

弟子たちは顔を見合わせ、一斉《いっせい》に葉医師に跪拝《きはい》の礼をとった。

命をつなぐ秘術。華眞が記した医学書。伝説と謳《うた》われた医仙が目の前にいる。

心震《ふる》えぬわけがない。受け継ぎたいと思うのは、陶老師だけではない。

他ならぬ陶老師に叩き込まれた、医師としての自負と誇《ほこ》り。

「——よろしく、ご指導お願いします」

葉医師はつるりと顎鬚《あごひげ》をなで、苦笑《くしょう》する。……弟子をとるのもずいぶんと久しぶりだ。

「よし、じゃ、まずは庖廚所《りょうりどころ》に行くから用意してくるんじゃな。なるべくボロに着替《きが》えてな」

「……は？　庖廚所？」

「まずは豚《ぶた》くんとかでカッさばく練習せんとな。次は墓場とか葬儀《そうぎ》屋の死体で練習じゃぞい」

聞いていた克洵のほうが気絶しそうになったが、実際やる方はたまったもんじゃなかった。

「——は、墓場⁉」

「し、しし死体⁉」

「あったりまえじゃろー。いきなり生きてる人間でやるつもりかい」

「マジですかー⁉」

「たたた祟《たた》られたらどーすんですかっっ⁉」

「あー、だいじょぶだいじょぶ。ちゃんと切開前にお詫《わ》びとお礼をしっかり言って、よく拝んどくんじゃぞ。丁寧《ていねい》に扱って、終わったらちゃんと埋《う》めてあげるんじゃ。わしなんか、たまーに透《す》けた姿でお礼にきてくれることもあってのー。嬉《うれ》しいじゃないか」

それはどうなのか、と医官たちは思うと同時に、かなりの軽さに本当にあの伝説の医仙かと、一抹《いちまつ》の疑いを抱《いだ》いたのだった。

「状況《じようきよう》聞けば、悠長《ゆうちよう》にやってられんのぅ。一日動物、二日死体で練習ってとこかいな。寝《ね》る間もないと思っとけよー。で、問題はやっぱり――」

「――懸念《けねん》の器具とは、この、薄《うす》い小刀のことですね？」

ずっと巻書の絵図を見ていた柴凜が、描《えが》いてあった切開用の小刀を指さした。

「……刃物《はもの》をもち慣れぬ医師でも綺麗《きれい》に人体切開ができるくらいの切れ味……体力の落ちた患者さんに影響《えいきよう》が少ないように薄ければ薄いほどいいか……細かな処理ができるくらい小型で、長時間使用でも腕《うで》に負担のかからぬ超《ちよう》軽量、ある程度の強度と、錆《さ》びの少ない配合――」

真剣《しんけん》な眼差《まなざ》しでぶつぶつと呟《つぶや》く妻に、悠舜は静かに訊《き》いた。

「――開発できそうですか？　凜」

「発明家たる誇りにかけて承りましょう。すぐ計算と設計に入ります。工部尚書殿《しようしよどの》にもう一度協力要請《ようせい》して、工部秘蔵の技術者を貸していただけるように頼んでください。それと名のある刀匠《とうしよう》の待機を。一日半で小刀設計を確定させます。そのあと半日でいくつか打ってもらい、死体での練習に使っていただきましょう。使えると判断したなら、細かな摺《す》り合わせもかねて最後の一日で百本製造に移ります。それで足りますか？　葉医師」

「練習用と合わせて二百は欲しいの。あと他《ほか》にも何種類か頼もうか。切れすぎる小刀だけじゃと、余計なとこまで切っちまってちょいまずいことになるんでの。こう、切れ味を少し落として、切っ先が曲がったようなやつと——あとはこう、ちょちょいと挟《はさ》めるような——」

さらさらと描かれていく器具を、柴凜が頭に叩き込みながら頷《うなず》いた。

「わかりました。では旦那《だんな》様、紅州牧。二日で名刀鍛冶《かじ》をできるだけ多くかき集めてください。全商連には腕の良い刀匠がそろってますよ。では一足先に府庫《ふこ》に向かいます」

柴凜は思考に沈《しず》んだ厳しい面《おも》持ちのまま、颯爽《さっそう》と踵《きびす》を返して出て行ったのだった。

「運を、引き寄せとるのう秀麗嬢《じょう》ちゃん。大事なこったぞ」

葉医師の笑顔に、秀麗は震えながら短く息を吸いこんだ。

——真っ暗だった先に、一筋の光が差しこむ。

助かる。助けられる——。

時の運と、今まで出会ってきた人の縁《えん》。

運が良いというのは、とても大事なことだ。

けれど、まだ足りない。礼を言うのも、安堵《あんど》にへたりこみ泣いて喜ぶのも早すぎる。最大限にこの運を活用するために、まだすべきことが残っている。

「……薬、ですね？　葉医師《せんせい》」

「そうじゃ。全然足りん。あとできれば鍼師《はりし》と医者もなー」

「はい。――陶老師、この巻書に書かれてる医薬の価値は、どれくらいですか？」

「万金にも優《まさ》りましょう。金品で換《か》えられるものではございませぬ」

「その価値がわかるかたなら、喉《のど》から手が出るほど欲しがられるというわけですね？」

「そのとおりです」

「……わかりました」

秀麗は悠舜と目を見交《みか》わし、頷いた。

「これ、一冊お借りします。あと葉医師《せんせい》のお名前も拝借しちゃいますよ」

「わしゃ恥《は》ずかしがり屋なんじゃが、しょーがない。そんかわし、キチッと頑張《がんば》るんじゃぞい」

「――秀麗さん」

その声に顔を向けると、克洵が青ざめながらまっすぐに秀麗を見つめた。

「どこまでお役に立つかわかりませんが、茶家当主として一筆書きます。僕はここで、悠舜さんと一緒に交渉《こうしょう》に当たります。茶家当主がいることで有利になるかもしれませんから」

秀麗は州牧として深々と頭を下げた。

「ぜひ、お願いします。――悠舜さん」

「ええ。朝廷《ちょうてい》はお任せください。各省庁の内諾及《ないだくおよ》びお金の心配は無用です。必要な手はすべて打っておくことをお約束いたしましょう。燕青《えんせい》を見習って、ここは出世払《ばら》いでツケさせます。遠慮《えんりょ》なく大見得を切ってきてください。最終手段もすぐにもぎとってお届けいたします」

悠舜は少し溜息《ためいき》をついて、秀麗を見つめた。

「今回は全商連と直接交渉せずとも帰れそうだったのですが、そうもいかなくなりましたね」

「はい」

「私はギリギリまで上層部をおさえておきます。全商連のほうを、お願いいたしますね」

悠舜にぎゅっと手を握《にぎ》られ、秀麗は深い息を吸った。そして顔を上げる。

「――はい」

そして、秀麗は再び全商連に向かうべく、踵を返した。

●❋●❋●

宮城の軒《くるま》に乗り、州牧として全商連に到着《とうちゃく》した秀麗は前と違《ちが》ってすぐに奥の室《へや》に通された。

ずらりと並んでいる光景は、金華で交渉した全商連を思い出させる。

彼らが幹部連〝彩《さい》〟なのか、そうでないかは秀麗にはわからなかったし、今このとき、それはたいして重要なことではなかった。

「――取引しましょう」

真正面に座り、公孫《こうそん》と一人名乗った壮年《そうねん》の男に、秀麗は開口一番そう告げた。

ずらりと並ぶ貴陽全商連の面々は、秀麗が悠舜も柴凜も連れずにたった一人で乗り込んできたことに驚《おどろ》いたが、余計なことは訊かなかった。

「取引とは？」

「茶州府は全商連系列の医師・鍼術師《しんじゅつし》・薬師と一定期間雇用契約《こようけいやく》を結びたいと思います。多ければ多いほど結構です。条件は四日後には茶州虎林郡《こりんぐん》に飛んでくださること、期間は少なくとも行程を入れて数ヶ月。貴陽全商連でなくとも構いません。茶州により近い郡の医師で、すぐに飛んでくださるならなお助かります」

ざわ、と室内が揺《ゆ》れた。

正面に座る公孫と名乗る男はこめかみを押さえた。彼は一見微笑《ほほえ》んでいるようだが、見ようによっては無表情にも見えてくるような、表情の読めない男だった。声も冷たいというよりやわらかだが、感情を判断できない点では同じだった。綺麗にそろえられた短い口ひげがよく似合い、額にかかる前髪《まえがみ》が瞳《ひとみ》の色とともに心を隠《かく》す。

「……もしや虎林郡で、病が？」

「そうです。人手が足りないのです。勿論《もちろん》、費用はこちらで全額お支払《しはら》いします」

「流行《はや》り病ですか」

「はい。けれど病に関する情報はわかってます。人から人への伝染《でんせん》はありません。罹患《りかん》の時期も過ぎました。予防法もあります。あと足りないのは治療《ちりょう》をする医師です」

「……失礼ですが、相当の金額がかかりますよ。今の茶州府に払《はら》えますか」

秀麗はその問いに対する答えをあえて後回しにした。

「実はこれに関係してもう一つ要請したいことがあります。貴陽全商連には名刀匠がそろって

いると柴凜殿《さいりんどの》から伺《うかが》いました。明後日までに腕の良い刀鍛冶《かたなかじ》をそろえていただきたいのです」

妙《みょう》な申し出に、誰《だれ》もが呆気《あっけ》にとられた。医者と刀鍛冶に何の関係があるのだ。

「……刀鍛冶？」

「治療は人体切開になります。現在、柴凜殿には工部屈指《くっし》の工匠官《こうしょうかん》とともに、人体切開のための特殊《とくしゅ》な小刀を設計していただいてます。三日後にはその特殊小刀を二百本、一日で打っていただく必要があります。そのために、全商連の名刀匠のお力をお借りしたいのです」

「じ——」

「人体切開⁉」

先ほどの比ではないざわめきが起こった。

秀麗はまっすぐに真正面の壮年の男性だけを見ていた。

「人体切開でなければその病は完治しないとのことなのです。けれど茶州府は運良く、伝説の医仙と呼ばれるかの葉棕庚医師の雇用がかないました。朝廷の最高医師団の派遣《はけん》も決定しており、現在宮城にて葉医師によって人体切開医術の伝授が行われております」

「——そ、そ、それは本当でございますか⁉」

ひょろっとした老人が椅子《いす》を蹴立《けた》てて立ち上がった。

「あの——あの葉棕庚医師直伝で、人体切開術の伝授ですと⁉」

「はい。つまり虎林郡に向かってくださる医師なら誰でも、葉医師の秘術と人体切開術が間近で拝見かつ会得《えとく》できます。会得していただかなくては困りますから」

老人ははじかれるように真正面の幹部を振り仰いだ。

「公孫様！　わ、わ、私は今すぐ弟子《でし》たちを引き連れて宮城に向かいますぞ！　なんと、これほどの機会が生涯《しょうがい》で巡《めぐ》ってくるとは思わなんだ！　医薬管轄《かんかつ》部門の長として申し上げるなら即《そっ》刻《こく》この申し出を受けるべきです！　知識と技術は金に換えられるものではござらん！」

公孫と呼ばれた男は、なるほど、と微《かす》かに笑《え》んで秀麗を見た。

なかなか、おもしろい話の運び方をする。

「……知識と技術も、支払いのうち、とおっしゃるか」

「なんなら奮発して、もう一つとっておきのものを見せちゃおうじゃありませんか」

秀麗は一冊だけ失敬してきた医学書をついと差し出す。

「──華娜老師の血を引く、華眞というかたをご存じですか」

公孫が例の医薬管轄部門の長老に視線を送るまでもなく、その名を聞いた長老は目の色を変えて医学書の前にすっ飛んできた。

そのままポックリ逝《ゆ》くのが心配になりそうなほど血走った眼《まなこ》でぷるぷると医書を凝視《ぎょうし》する。

「ま、ま、まさかそれは──か、か、華家の！」

長老が手を伸《の》ばす前に、さりげなく秀麗が取り上げる。

「ちょっとしたご縁《えん》がありまして、このほど、私個人が預かることとなりました。朝廷筆頭侍《じ》医《い》の陶老師に見ていただいたところ、万金にも優るとのお言葉をいただきました。難病・奇病《きびょう》といわれる病の原因・予防、治療法、及《およ》び膨大《ぼうだい》な新薬調合法がこのなかに詰《つ》まっております」

一瞬《いっしゅん》で、空気の色が変わった。

びりびりと、商人たちから青い火花が飛び散ったのが見えたような気がした。

秀麗は、表情を消して商人の顔になった公孫から目を離《はな》さなかった。

「――ちなみに、これは数十ある巻書のうちの、たった一冊にすぎません」

医薬管轄部門長老は泡《あわ》を吹《ふ》いて倒《たお》れそうなほど赤くなったり青くなったりしていた。

「ズバリ訊《き》きましょう。ほしくないですか、これ」

是《ぜ》か否かを突《つ》きつけることで、秀麗はのらくらと口先で逃《に》げる場を封《ふう》じた。

公孫は慎重《しんちょう》に秀麗と巻書を見比べた。

欲しいといえばつけ込む隙《すき》を与《あた》え、否といえば――七彩夜光塗料《とりょう》などよりも遥《はる》かに価値のある、新医術及び新薬製造法を逃《のが》すことになりかねない。

「……交換《こうかん》条件は、虎林郡への全商連系列医師派遣、と？」

「いいえ。虎林郡の奇病にはこの巻書がいくつか必要になります。行っていただけるお医者や薬師さんなら、必然的に垣間《かいま》見ることができるでしょう」

「……どういうことですか」

「今回の件に関して、この巻書は条件にはつけません。医師・薬師・鍼術師・刀匠《とうしょう》・薬草・調合済内服薬――必要と思われる諸経費は全部、公費で一括払《いっかつばら》いしようじゃありませんか。薬医師及び朝廷最高医官たちの技術・知識のタダ見・授業料、あと団体雇用料で、ある程度値切り交渉させてほしいと思っていますけれど」

秀麗は大見得を切ってこいと告げた悠舜の笑みを思い返す。

「──私の副官は鄭《てい》悠舜です。それぐらいの費用は戸《こ》部と朝廷からもぎとってきます。値切ったって、相当儲《もう》かりますよ？　茶州府から感謝状もつけちゃおうじゃないですか」

──確かに、近年稀《まれ》に見る大口顧客《こきゃく》なのは間違いなかった。

「……ではその巻書を示した意図は？」

秀麗は──気を落ち着けるように深く息を吸い込んだ後、巻書を軽く指ではじいた。

「中身に価値があるか否《いな》かを知りたければ、どうぞ虎林郡へ！　ということです。ちゃんとそのぶんはお金払うんですから、別に損じゃないでしょう？　もし、治療中にちらっと何冊かご覧になって、他《ほか》の巻書の中身も知りたい、新薬調合と新医術を知りたい──と、お思いなら」

秀麗はどう言葉を繋《つな》ごうか迷って黙《だま》り込んだのだが、それが偶然《ぐうぜん》うまく駆《か》け引きに作用した。

医薬管轄部門長老はじりじりと公孫を睨《にら》み付け、とっとと訊けと目で威圧《いあつ》してくる。

知りたい、と言ったほうが負けだった。が──。

公孫は苦笑《くしょう》を漏《も》らし、こめかみを軽く揉《も》んだ。まさか、この切羽詰《せっぱつ》まったときに──。

「……少し、貴女《あなた》を見くびっていたようですね。──単刀直入にお伺いしましょう。その巻書に我々が価値を認めた場合、中身との交換条件は、例の学舎設立に関しての資金繰《しきんぐ》りですね？」

相手のほうから口火を切ってくれたことに、秀麗は内心ホッとした。

公孫には手に取るようにそれがわかったが、彼女が告げようとしていた事実に違いはない。

この、極限の事態においても、彼女は恐《おそ》るべき冷静さを保っていた。取引に何もかも提示するわけではなく、手持ちの札を最大限有効活用するべく吟味《ぎんみ》し、見極《みきわ》めている。

目先だけにとらわれず、必死に『州牧』でありつづけようとしている。

弱みを見せれば、彼女だけでなく茶州府がつけ込まれることをよくわかっている。

だから、決して『助けてください』とはいわない。

秀麗は、必死で影月と毎日話し合っていたことを思い出そうと、頭を回転させた。

「……たとえば」

公孫は、秀麗が冷静を装《よそお》いながら、僅《わず》かに震《ふる》えているのに気づいていた。

懸命《けんめい》すぎて、本人も気づいていないかもしれなかった。

「学舎に、医学を学べる科目をつくるとして、工部から秘蔵の医官を講師として派遣してもらいます。年期制で、講師は朝廷《ちょうてい》と学舎を数年単位で行き来します。つまり、その学舎に行けば、いつでも貴陽最高水準の医術を学べる――」

無理もない。誰もそばにいない今、彼女の細い肩《かた》にすべての責任がかかっている。

百戦錬磨《れんま》の公孫から見れば、つけいる隙はいくらでもあるといっていい。

「そのなかに、華眞医師から預かった、数十の巻書を、科目のなかにとりいれる。それをとっかかりに、学舎に集《つど》った医師や学生たちで新しい治療法や、新薬の調合法を考案・開発したりすることもあるでしょう。が、新薬に関しては、その大量生産及び流通を全商連優先権利、もしくは独占《どくせん》権利として委譲《いじょう》――」

医薬管轄部門の長老が、ひらかれていく新しい扉《とびら》を感じて、興奮に目を輝《かがや》かせる。

「とか。まあ、これは単なる一例です。勿論、資金が循環《じゅんかん》しないとそんなことは長く続けられませんから、開発権利料とかはある程度確保させていただくことになるでしょうけど。そっちもこっちも儲かるうえに、今まで絶望的だった患者《かんじゃ》さんの救命確率も高まります。とはいえ、興味ないとおっしゃるなら、全商連以外の商家にお話をもっていくことになるでしょうが」

最後のひと言に、長老が頭をかきむしるのを見て、公孫は溜息《ためいき》をついた。……彼は商人というより医師側の人間なので、いいように掌《てのひら》で操られている。

「資金の回収と利益の循環、できそうに思えませんか？　これは単に医学のことだけを例にしただけで、実際設立が可能になれば、土木・水利・農学等に多岐《たき》同じことがいえます」

つけいる隙はいくらでもあるが、その話は的確で核心《かくしん》をとらえている。

公孫は覚えず頬《ほお》をゆるめた。

その顔を見て、元気づけられた秀麗は手にした巻書を軽くふって見せた。

「あ、いま、ちょっと、心動かされましたね？」

公孫はくすくすと声に出して笑ってしまった。

「もしちょっとでも動かされたなら、もう一つの札を見せちゃおうじゃないですか」

「おや」

「どうです？」

——うまい、と公孫は感心した。商人から是か否かをはっきり引き出すのは非常に難しいものなのに、是と言いたくなる運びをしてくる。

決断するために一つでも多くの情報を欲《ほっ》する商人気質では、伏《ふ》せている札を見せるという駆け引きはかなり魅力《みりょく》的だ。

（……ここで答えても不利にはならぬな……）

すかさずすべての可能性をはじきだし、一瞬でそう結論する。

「では、是と申し上げようか」

「はい。——もう一つの札はこれです」

秀麗は袷《あわせ》から書状を一翰《かん》、ついととりだした。

「次の茶州州牧に、現在黒州州牧でいらっしゃる櫂瑜《かいゆ》様が就任してくださり、すべての案件を引き継《つ》いでくださるというお約束を、署名入りで書いていただいたものです」

——一拍《いっぱく》のち、くっと公孫は目を剝《む》いた。

室《へや》が、驚《おどろ》きに揺《ゆ》れる。

「櫂瑜……あの⁉」

「そうです。どうぞ、文《ふみ》をご見聞ください。ご本人にお伺《うかが》いしてもかまいません」

文を受け取りながらも、この娘《むすめ》がこんなハッタリを使うわけがないこともわかっていた。

——実際のところ、任命は吏《り》部の一任である。志願がかなうことなどよほどでない限りあるわけもないが、櫂瑜なら話は別だ。実質的に朝廷三師と同格に位置し、他の大官相手とは一線を画する。先王が彼の茶州州牧就任要請《ようせい》を棄却《ききゃく》しつづけたことは有名だが、その原因であった茶州の問題も解決の糸口をつかめた今、若い現王が櫂州牧の要請を拒絶《きょぜつ》できるとは思えないし、その理由もなくなった。むしろ、茶州の本格的な安定と復興に適任とも言える。

正直なところ、二人の新州牧が提示してきた案件は非常に興味をそそられる。しかし、いかんせん彼らには不安要素がありすぎた。州牧就任も能力や経験を買われたわけではなく、いわば浪燕青《ろうえんせい》と鄭悠舜が矢面《やおもて》に立たずにその力を発揮できるよう、隠《かく》れ蓑《みの》として利用されただけだ。事実、茶家はどう考えてもより厄介《やっかい》な浪燕青と鄭悠舜を捨て置き、州牧の肩書《かたが》きにつられて二人の新州牧に的を絞《しぼ》った結果、副官二人の罠《わな》にかかって一網打尽《いちもうだじん》にされた。

国試に及第《きゅうだい》したばかりの州牧たちなど、全商連が対等に商談を結ぶべき相手には到底《とうてい》なり得ない。案件も茶州府の能吏《のうり》たちが煮詰《につ》め、浪燕青と鄭悠舜の補佐《ほさ》があったからこそ、なんとかここまで形になったのだ。とはいえ、大黒柱である鄭悠舜は遅《おそ》かれ早かれ中央に戻《もど》るだろうし、新米州牧二人も役目を終えた今、いつ解任されてもおかしくない。

この長期的な案件が立ち上がるのは、どう考えても次の州牧の話になる。

いくらよく煮詰めてきても、札を集めてきても、次の州牧次第《しだい》では簡単にご破算になる。だからこそ、公孫は興味を示してもいい段階でもはっきりと回答しなかった。今の州牧たちと会うことに益もないと判断した。

話は聞いた。はっきりと断らなかったことで、脈は残した。動くかどうかは次の吏部の選定次第だ。現況《げんきょう》において、お互いにするべき仕事は終わったと思っていたが――。

「確かに、權瑜様の筆蹟《て》……」

かの權州牧が引き継いだとあれば、他の誰《だれ》も頓挫《とんざ》させることはできない。

──彼女は、最後の札さえもそろえてきた。

目の前に、蜃気楼《しんきろう》だった道が、形をもってあざやかにひらかれる。

道ができたなら、進める。今は何もないその先に、金の都だって打ち立ててみせる。

商人だけが知っている、困難とそのぶんの見返り。ぞくぞくするようなあの興奮──。

「だいぶ、心動かされましたね？　札を出したかいがありました」

笑い出した公孫に、秀麗もにこっと笑った。

「櫂瑜様なら、新米州牧二人と違《ちが》って安心でしょう？」

「ええ」

「いやーもうはっきりおっしゃいますね！　事実ですけど……。ちなみに、茶家ご当主様からも一筆預かってます。これと併《あわ》せて、どうぞご検討ください」

少女がここまでする理由は、そう長く州牧位にいられないことを知っているからだ。

「──虎林郡にて、首を、おかけになるつもりですか」

切り込むような問いに、秀麗は驚くと同時に舌を巻いた。……まったく、何も言っていないのに言葉や態度から次々と看破されていく。全然かなわない。

「……まあ、どうせ遅かれ早かれって感じでしたし。どうせいつか首になるなら、充分出汁《じゅうぶんだし》をとらないともったいないというか。それに──」

そのとき、室に育ちの良さそうな少年がおっかなびっくり顔を見せた。

「あの、すみませんお話中に。公孫様と、茶州州牧様にそれぞれお文が届いてるんですけど公孫は眉《まゆ》を上げると、文をもってこさせた。封蠟《ふうろう》の鷹《たか》の紋《もん》に軽く目を瞠る。

同様に秀麗も受け取り、中を見る。

ややあって、公孫が苦笑《くしょう》を漏《も》らした。

「……柴彰から、大至急薬をあるだけ届けろと、えらい剣幕《けんまく》で文が届きましたよ。鷹匠《たかじょう》まで使って文を飛ばすとは……よほどのことらしい」

「こちらも」

秀麗はひらっと届いた文を泳がせた。なぜか二通ある。

「鄭補佐《ほさ》からです。この件に関する特別経費、ものすごい額が落ちました。それと――」

秀麗は会心の笑《え》みを浮《う》かべてみせた。

「もし、全商連がぐずぐずしているなら、無償で即刻働けとの、、、、、、、、、陛下の御璽勅書つきで」

――沈黙《ちんもく》のち、誰もが一斉《いっせい》に秀麗に視線を向けた。

緊急《きんきゅう》事態なのに、なぜ秀麗がわざと学舎の話をしたか、全員が察した。

「……あなたは、これを待っていたのか……」

秀麗が話をずらしても待っていた、悠舜が王からもぎとってくる『最後の手段』。

「いいですよ？　この勅書《ちょくしょ》が届く前に決断してくださったことにしても。そうしたらちゃんと正規のお金、支払《しはら》いますよ？　そのぶん、色つけてもらえたらとっても嬉《うれ》しいです。それとも、人道精神と奉仕《ほうし》の心を発揮して、無償で働いてくださいますか？」

――やられた、と全員が凍《こお》り付いた。

そのうち誰かが笑い出すと、それを皮切りになぜか大爆笑《だいばくしょう》がおこった。

(な、なんで笑われてんの私……)

良い感じに決まったと思ったのに、何か大失敗したかと、秀麗はだらだら冷や汗《あせ》をかいた。

「くく、お嬢《じょう》ちゃんにやられたわい」

「おい公孫、もらえるうちにもらえるモンもらっといて、とっととやろうや」

「ただ働きするくらいなら、色つけるほうがなんぼかマシですよ~。やる気出ませんよぅ」

「わしゃあもう一拍でもこんなとこにゃあいられん！　宮城に行って人体切開じゃあ！」

医薬管轄《かんかつ》部門の長老がついに興奮を大爆発させて、若者顔負けで室を飛び出していった。

「――わかりました」

公孫ははっきりと、秀麗にそう告げた。

「医師・薬師・鍼《はり》師・刀匠《とうしょう》・薬その他、ご依頼《いらい》の件、すべて引き受けましょう。全商連認定《にんてい》の、朝廷《ちょうてい》最高医官にも負けぬ貴陽在住名医を即刻選《え》りすぐって宮城へ送ります。出立は四日後とのこと――その勅書を見なかったことにしていただけるかわりに、色づけの一つとして、虎林郡まで半月かからずに送って差し上げることをお約束しましょう」

秀麗は想像以上の〝色づけ〟に目を丸くした。

茶州虎林郡まで、どう頑張《がんば》ってもひと月かかると覚悟《かくご》していた。それが――半月!?

「朝廷との協力次第では充分《じゅうぶん》可能ですよ。お役人と違って、商人は何事も迅速《じんそく》に、が信条ですからね。いろいろと方法はございます」

こうしている今も病が進行する今、それは最高の『色』だった。

「細かい打ち合わせと交渉《こうしょう》は宮城で行いましょう。すぐに人を送ります。あなたも、お城ですべきことがたくさんあるでしょう。お帰りになって結構ですよ。――心配ありません」

公孫はにやっと笑った。

「全商連は、たとえ口頭でも一度契約《けいやく》を結んだ相手には、お客様のご満足と自身の信用を守るため、最善を尽《つ》くします。せっかく、柴姉弟が茶州の地ならしに尽力《じんりょく》したことですし。必ずやご期待にお応《こた》えすると、お約束しましょう」

「よろしくお願いします」

秀麗は深々と頭を下げた。

そしてその足で、再び登城に駆《か》ける。

『緊急朝議が招集されました。全商連説得のち、お戻りください』

ギリギリまでおさえるとの悠舜の文に感謝しながら、秀麗は最後の大仕事に向かった。

第六章　そして"花"はほころび

「越権行為《えっけんこうい》すぎる！　あまりにも勝手ではありませんか⁉」

「朝議に一度もかけずに独断でここまで動かれるとは——」

「朝廷機能をどう思っておられるのか！」

秀麗《しゅうれい》が到着《とうちゃく》すると、すでに議論は始まっていた。議論というより、ずらりと並んだ高官たちは口々に口角泡《こうかくあわ》を飛ばして悠舜《ゆうしゅん》に怒濤《どとう》の批難を浴びせているだけで、秀麗が入ってきたことにも気づかないようだった。

秀麗は真っ先に椅子《いす》に座っている悠舜に駆け寄った。

「悠舜さん、ありがとうございました。——終わりました」

悠舜は、満面の笑みを浮かべて秀麗の両手を握《にぎ》りしめた。

「よく、頑張られました。副官として、あなたを誇《ほこ》りに思います」

「……こんな状況《じょうきょう》なのに、結構のんきですね」

「おや、私などまだまだですよ。燕青《えんせい》だったら爆睡《ばくすい》しているところでしょう」

秀麗の姿を見ると、周りから更なる怒号《どごう》が飛んできた。

「悠舜さん、あとは私が。悠舜さんはここを出て全商連のかたと細かい点を煮詰めて――」

「いいえ」

とん、と秀麗の手を優《やさ》しく叩《たた》く。

「私は、あなたの補佐です。おそばにおります。この室《へや》をでるときは、二人一緒《いっしょ》です」

秀麗は喉《のど》を上下させた。

どんなときも、誰かがそばにいてくれる自分は、本当に幸せだと思う。

「州牧はあなたです。あなたがいらっしゃった以上、発言権はお譲《ゆず》りいたします」

「はい」

「私たちを待っているかたを思えば、こんなものは正念場でもなんでもありません」

とん、ともう一度、微《かす》かに震《ふる》える秀麗の手を優しく叩く。

「言うだけ言って、とっとと帰りましょう。――私たちは、官吏です」

秀麗は泣き笑いのような顔をした。

「……はい……！」

きゅっと目を閉じ――真正面を振《ふ》り仰いだ。そして深く息を吸いこむ。

「――茶州州牧紅秀麗、お召《め》しによりただいま参りました」

凛《りん》と通った声音《こわね》に、ざわめきがやや小さくなった。秀麗はその隙を逃《のが》さなかった。

「ぜひともご質問は簡潔にお願いいたします。四日後の茶州《さしゅう》出立に向け、するべきことが山ほど残っていますので。苦情の類《たぐい》はあとでまとめて茶州府宛《あて》に送ってください」

そう言い放つと、秀麗はおもむろに悠舜の隣《となり》で跪《き》拝《はい》の礼をとった。

真正面に座する劉輝《りゅうき》は、それまでひと言も発さなかった。

「主上におかれましては、このたび直々にご尽力をいただき、心から感謝申し上げます」

「……全商連は動いたか、紅《こう》州牧？」

「はい。全面協力を取り付けました。四日のち、発《た》ちます。これをもって、私と鄭《てい》悠舜の出立のご挨拶《あいさつ》にかえさせていただきたく存じます」

そのままとっとと出て行きそうなテキパキとした回答に、我に返った官吏の一人が慌《あわ》てて声を上げた。

「ま、待ちなさい！」

つ、と悠舜がその官吏に顔を向けた。

「敬意ある言葉と態度で臨《のぞ》んでください。彼女は三品位にある一州の州牧です」

「こんなめちゃくちゃな州牧があるか！」

「そうだ！　たった一日で——我々の与《あずか》り知らぬところでここまで勝手なことをしおって！」

「ほとんど事後承諾《しょうだく》、しかも口八丁でもぎとりおって！　朝廷をなんだと思っておる！」

「——民草《たみくさ》を助けるところだと思ってましたけど、なんか違《ちが》いましたか」

ここにきて、秀麗の肝《きも》は完璧《かんぺき》に据《す》わった。

「そのほかの答えがあるならぜひ聞かせてください。朝廷《ここ》はどういう場所なんですか」

答えに詰《つ》まった官吏たちを、秀麗は見回した。

「ここにお集まりになってるかたは、いま茶州で何が起こってるかもちろん知ってらっしゃるんですよね？　ちんたら手順踏《ふ》んでる暇《ひま》がないと判断したのでスッ飛ばしただけですが、事後承諾でも何でもとるべく許可はとってるはずです。何か問題ありますか」

「そ、そう簡単にスッ飛ばせるものではない！」

「そうだ！　だいたいこんなむちゃくちゃな――」

「そうです。むちゃくちゃですよ。そんなこと充分わかってます」

秀麗は堂々と胸を張った。

「通常手段で認可《にんか》・議論にかけたとして、すべての許可がおり、準備が残らず整うのはいつになりますか？　十日後？　半月後ですか？　それでようやく茶州に行くわけですよね？　到着までに早くてふた月ですね。お医者連れて行っても患者《かんじゃ》さんいるわけないでしょう。たくさんできてるお墓の前で、私たちはいったいなんて申し開きすればいいんです？　普通《ふつう》の手《て》段で手遅《おく》れなら、むちゃくちゃな手段とるしかないじゃないですか」

「だからって何をしても良い理由にはならん！」

「そうだ、だいたい生死などはたいがい運次第《しだい》――」

「運！　運ですか。そうですね、あるでしょうね」

秀麗は怒《いか》りを突《つ》き抜《ぬ》けたせいで、かなり投げやりかつ適当な相づちを打った。

「じゃ、あなたは自分のお子さんが現在虎林郡《こりん》で生死の境を彷徨《さまよ》っていても、運だから仕方ないとおっしゃるわけですね？　きちんと州牧が手順にのっとって、ちまちま地道に許可とって、お医者派遣《はけん》したら手遅れで亡《な》くなってました、それでも運だと納得《なっとく》するわけですね？　もう少しくるのが早かったら——絶対そんな後悔《こうかい》はしないとおっしゃるんですね？」

「も、もちろ——」

「……ふむ。それでいけば、余の子供が同じ状況に陥《おちい》ったときもそうなるわけだな」

劉輝の言葉に、『運』といった官吏はぎょっと蒼白《そうはく》になった。

「まさかそんな！　あらゆる手段を講じて即刻《そっこく》お助けに参り——」

さすがに自らの言葉の意味に気づき、つづきを飲み込む。

「同じことが民に許されないのはなぜですか？」

秀麗は静かに訊《き》いた。

「命よりも手続きを優先させて、その結果『運が悪い』だけで切り捨てられる存在ですか？」

魯尚書《ろしょうしょ》や景侍郎が、ゆっくりと瞑目《めいもく》してその言葉に耳を傾《かたむ》ける。

「私は、後悔します。もし……自分の子供がいま虎林郡にいて、病にかかっていたなら、どんな手段を使ってでも助けてやりたいと思います。助けられなかったら世界の終わりみたいに泣きますよ。上にいると、人の顔は見えなくて、誰《だれ》でも同じように見えるかもしれませんけど。その一人一人は、誰かにとって、かけがえのない存在なんです」

管《かん》尚書と欧陽《おうよう》侍郎が、頷《うなず》くように少しだけ首を傾ける。

「年貢《ねんぐ》がちゃんと規定どおり納まってるなら、納める相手の顔が変わっても構いませんか？どんなに人が死んでも、どこかでまた生まれてくると思っていませんか？　民草は替《か》えのきく存在だと心のどこかで思っていませんか。遠い地で喪《うしな》われていく命にすがりついて泣く人がいることを、忘れてはいませんか。——私たち官吏が、守るべきものは『誰』ですか？」

紅《こう》尚書と黄尚書が、じっと秀麗を見る。

彼女はもう、一年前の少女ではなかった。

「個人がどう頑張《がんば》ってもできないことはあります。でも、今の私には『力』があります。工部尚書のお力をお借りして、全商連の説得もできて、腕《うで》の良いお医者と薬をあるだけかき集めて、四日後には茶州に飛んで、半月後には虎林郡に到着して治療《ちりょう》を開始——一年前の、ただの『紅秀麗』にはできなかったことです。官位を頂かなくてはできなかったことです。その力を、使える者が使わなくてどうするんですか？　この掌《てのひら》に、助けられる力があるのに」

絳攸《こうゆう》と楸瑛《しゅうえい》は、二年前を思い出した。

『庶民《しょみん》がいくら頑張ってもできないことも絶対あるのよ。それが、王様のお仕事でしょう？王様だからできることなのに、王様がサボったら誰がやるっていうの？』

政事《まつりごと》を顧《かえり》みない劉輝に、桜の下で秀麗が語った言葉。

彼女も、今またその力を手に入れて、あのときの言葉を迷わず実行に移したのだ。

——できることがあるのに、しないことは罪だと。

最善を尽《つ》くせば、助けられるものがあるのに、手を抜いてどうする。

「むちゃくちゃやって一人でも多く救えるなら安いもんじゃないですか。無理難題押しつけられた皆《みな》さんがちょっと苦労するだけですよ。あとでお礼状をきちんと出します。――私は悟《さと》ってないので、全力尽《つ》くさず運に任せて、お墓の前で『運が悪かったね』なんて死んでも言えません。むちゃくちゃでも、できることがあるならやるだけやりますよ。使える力があったらとことん使います。はっきりいって今のところ悟りひらくつもりは全然ありません」

櫂《かい》州牧が、整った貌《かお》にゆっくりと微笑《ほほえ》みを刻む。

――人生の終わりで、彼女のような官吏と出会えたことを、嬉《うれ》しく思う。

この国は、まだやっていける。

「官吏になれたことを嬉しく思います。その力で誰かを助けられたら、今度はきっと、官吏であることを誇《ほこ》りに思えます。そういう官吏でありたいと思います」

秀麗はまっすぐに玉座の主を見上げた。

「『官吏とはなんのために存在するのか』――いつでもそれを自問しろというのが、進士の時、あるかたから送られた言葉です。私の答えは決まっています」

魯尚書は、任命式を思い出した。

そして、どこに飛ばされても、自分のすることは変わらないと告げた秀麗を。

劉輝の眼差《まなざ》しに、秀麗はあざやかに笑った。

誰のために在るのか――答えは言わない。

無茶を通しても構わない。躊躇《ためら》いもしない。自分は守るべき者をもつ――、

「私は、官吏なんです」

劉輝は笑えなかった。

「……どうしても、茶州に戻《もど》るつもりか？」

秀麗は深く頭《こうべ》を垂れた。

「もちろんです」

その会話に、官吏の一人が反応した。

「そ、そうだ！　聞けばお前のせいで病が広がったというではないか！」

「その〝邪仙教《じゃせんきょう》〟とやらも的を射とる。州牧就任直後にこんなことが起こりよるとは――」

「やはり女なぞ神聖な政事の場に足を踏み入れるべきではなかったのじゃ！」

「自分が原因でことを起こしておいて、何をえらそうに！」

「即刻官位剝奪《はくだつ》どころか退官にすべきです！」

「もう一人の子供もどこかへ逃《に》げ出したとかなんとか――」

ダン！　と玉座から剣《けん》が床《ゆか》を打つ音が鳴り響《ひび》いた。

両隣《りょうどなり》にいた絳攸《かお》と楸瑛はぎょっと振《ふ》り返った。

その一瞬《いっしゅん》の王の表情を垣間《かいま》見た年嵩《としかさ》の官吏たちは、ぎくりと顔色を変えた。

(先、王陛下……っ!?)

殺気にも似た冷厳なる覇気《はき》に、思わず膝《ひざ》をつきそうになったのは一人や二人ではなかった。霄《しょう》太師と宋太傅《そうたいふ》は息を呑《の》んだ。――一瞬、過去に舞《ま》い戻ったような気が、した。

劉輝は瞑目して気を落ち着けようと努力した。

「……そういう報告が記してあったな。それでも、戻るか」

「はい」

「いたずらに刺激《しげき》することになってもか」

そんな言い方しか、劉輝はできなかった。危険だから行くなと、言えなかった。

秀麗のせいで病が広がっているという噂《うわさ》は、今や迷信深い山間部ではほとんど『真実』となっているはずだった。そこに秀麗自身が乗り込めばどうなるか、火を見るより明らかだ。人は、誰かのために優《やさ》しくなれる一方で、自分のためにどこまでも残酷《ざんこく》になれる。たった一日で、ここまでの手はずを整えたことなど念頭にも上らず、到着《とうちゃく》した秀麗を血祭りに上げてしまえるほどに。

それでも、劉輝は彼女の答えを知っていた。

「――私が行かなくてどうするんです」

秀麗は、迷わずその通りの言葉を言い放った。

「私は茶州の州牧なんです。私のせいというなら、なおさら私自身が行かなくては。私が戻れば病が起こるというなら考えますが、とっくに病は広がってるんです。ならどこにいようが同じことです。事態収束のために噂を広げた当人とキッチリ話をつける必要があります。私のせ

いだというその根拠《こんきょ》が明確になったなら、とるべき対処をとりましょう。根も葉もない話だったらしょっぴくだけです。どちらも、州牧たる私の役目です。違《ちが》いますか」

静かな声が、その場を打つ。

「杜《と》州牧は被害《ひがい》を最小限に抑《おさ》えるために自ら虎林郡に飛びました。彼の書翰《しょかん》により、いち早く病の治療法が見つかりました。私が茶州に戻るのは、どんな不測の事態が起きても、病を収束できるすべての対応が整ったと判断したからです。そのために無茶も通しました。病に対する対応は万全《ばんぜん》です。あとは〝邪仙教〟に対する処置を現地で講じるのみです」

悠舜は小さな体で精一杯《せいいっぱい》茶州と悠舜を守ろうとしてくれる少女に、心が熱くなる。

――ただ焦《あせ》って飛んで帰るわけではない。司牧として、秀麗も悠舜も打つべき手を打った。

病が秀麗のせいだというのなら、そんな論を木《こ》っ端微塵《ぱみじん》にする算段を整えて。

自分のせいだといわれて、傷つかなかったわけがない。けれど、彼女は目の前の現実を優先した。官吏としての役目と自負で駆《か》け回りつづけた。……副官であることを、誇りに思う。

「私と杜州牧は半人前です。二人合わせて州牧なんです。彼は今、たった一人でするべきことをしてます。茶州府官吏の誰もが、事態の収束に向けて駆け回ってます。――いま、このとき、もう一人の茶州州牧である私に、茶州以外のどこで何をしてろとおっしゃるんですか。誰が何と言おうと、拝命した官位にかけて、この〝花〟にかけて、帰らせていただきます――!」

漆黒《しっこく》の髪《かみ》がほどけて背中に流れ落ちる。

抜《ぬ》き去った花簪《はなかんざし》の〝蕾《つぼみ》〟の意味は、〝無限の可能性と未来〟。

それを贈《おく》ったのは、他《ほか》ならぬ劉輝自身。

劉輝は瞑目し、拳《こぶし》を握《にぎ》りしめた。掌に、じわりと汗《あせ》がにじむ。

「……そなたのせいだと判明したら、とるべき対処をとる、と言ったな」

「当然です。とりあえず〝邪仙教〟とやらのところに乗り込まなくては話になりません」

絳攸と楸瑛はその言葉の意味を察して息を呑んだ。

意味不明な教義を振りかざし、生贄《いけにえ》などと言っているところとまともな話し合いなどできるわけがない。秀麗を狙《ねら》い打ちにしているような噂をばらまいているなら、なおさら――。

命そのものが危《あや》うい。

「そなたは、州牧だ。その責務はどうする」

「それも考えております。ご心配なく、州牧としての責務は果たします」

何を言っても、鐘《かね》を打つように返される。

劉輝は震《ふる》える心を抑《おさ》え、ゆっくりと息を吸おうと努力した。秀麗は退《ひ》かない。ならば――。

「……平定の兆《きざ》しを見せていた茶州を、いたずらに混乱する輩《やから》は見過ごせぬ。勅命《ちょくめい》をもって、軍を、派遣《はけん》する」

沈黙《ちんもく》のち、大きく広間が揺《ゆ》れた。

「き、禁軍出陣《しゅつじん》!?」

「玉命討伐《とうばつ》、ということは」

「勅伐《ちょくばつ》――！」

楸瑛の目が輝《かがや》く。

沸《わ》きたった広間に、一人秀麗はカッと目を見開いた。

「お待ちください!!」

初めて秀麗は声を荒《あら》げた。

そのすさまじい剣幕《けんまく》に、しんと静まり返る。

秀麗は沓《くつ》を鳴らして一歩王のもとに進み出た。まっすぐに劉輝を見据《みす》える。

「州牧として、禁軍勅伐は断固拒否《きょひ》します!!」

ざわめく声は、秀麗の耳には入らない。

「なんのために、杜州牧と浪州尹及《ろうしゅういんおよ》び虎林郡太守が今まで州軍の派遣を見合わせていたとお思いですか⁉　〝邪仙教〟に行けば発病しないなどと言って連れて行かれた人が大勢おります。軍を引き連れて山に乗り込めば——いいえ、討伐しに虎林郡に入ってきたことが知られれば、〝邪仙教〟とやらがどんな行動に移るかは一目瞭然《いちもくりょうぜん》ではありませんか！」

ぐっと、劉輝は言葉に詰《つ》まった。

「軍を派遣すれば、強引《ごういん》でも〝邪仙教〟の問題は解決しましょう。けれどどれほどの人の命が失われますか⁉　病の蔓延《まんえん》ですでにボロボロに傷ついている民《たみ》の心と命を、なお軍馬で踏《ふ》みにじることを、州牧として許すわけにはいきません!!」

抑えた表情の裏で、劉輝が泣きそうになっているのを秀麗は知っていた。

けれど、退くわけにはいかない。

自分は、官吏なのだ。

「私自身が乗り込むと申し上げたのも、〝邪仙教〟を刺激しないためです。私を『とらえて』『生け贄《にえ》』にすると言っているからには、少なくとも一度は私との接触《せっしょく》を望んでいるはずです」

『千夜《せんや》』という名の、教祖。

……茶朔洵《さくじゅん》本人であるにせよ、違うにせよ、あの名を騙《かた》ったのは偶然《ぐうぜん》とは思えない。

この一件の裏には、秀麗に用がある『誰《だれ》か』が、いるのだ。

「まずは病の早急なる収束が先決ですが、そのあと慎重《しんちょう》かつ迅速《じんそく》に〝邪仙教〟に対する算段をたてます。人命最優先で、ことの決着をはかる手を打ってみせます。軍も武官もい、い、い、い、りません。あらゆる状況《じょうきょう》において、武力は事態の解決手段に用いるべきではありません。いかに武力《それ》を使わずに民を守れるかが、文官として在る者の誇《ほこ》りであり、為《な》すべきことではありませんか！」

櫂州牧が、くっと涼《すず》やかな目元を興奮に染める。

言葉が、波紋《はもん》のように広がる。

絳攸は目を閉じた。――彼女が在るべき理想の姿が、今ここに描《えが》かれた。

「チャンバラごっこじゃないんです。禁軍とか勅伐とか、男の人にはカッコ良く聞こえるかもしれませんけど、女から見れば十歳児とやってること変わらないうえに、どったんばったんモノ壊《こわ》すし、畑から大根盗《ぬす》んでくして、全っ然カッコよかないです。剣より鍬《くわ》もって畑耕して、ご飯のおかずが増えるほうがよっぽどマシだと思いませんか。家計の足しにもなりますし」

ズバッと一刀両断されて、楸瑛をはじめとする武官は言葉もなかった。

「なので、禁軍の方々には畑でも耕してもらっててください。冬とはいえ、時々掘《ほ》り返しておかないと春に良い土になりませんからね。腰《こし》にくるんで気をつけてくださいね」

秀麗は劉輝を見つめた。

「勿論《もちろん》、何の算段もなく乗り込むようなことはしません。しょっぴくときにはある程度州軍の力を借りることになるでしょう。それでも、最小限の被害に留《とど》めるための努力をしたいんです。そのために、禁軍ではなく、別のことでお力をお貸しいただければと思います」

　ぴくりと、劉輝はわずかに顔を上げた。

「……申してみよ」

「私は鄭州尹《しゅういん》とは別に医師団とともに直接虎林郡に向かいます。鄭州尹には茶州府を支えてもらうために、州府・琥璉《これん》城へ。その護衛として茈《し》武官及び州境まで紫州《ししゅう》軍の派遣を願います」

　劉輝は僅《わず》かに瞠目《どうもく》した。

「……そなたの護衛ではなくか？」

「州府を統括《とうかつ》していただく鄭州尹のほうを優先的に護衛すべきです。第一、州将軍をも上回る権限をもつ茈武官の虎林郡入りは、州軍入りと同じことです。〝邪仙教〟を刺激する恐《おそ》れがある以上、徹底《てってい》的に私の周りから武官は排除《はいじょ》します。とはいえ、それでは道中賊《ぞく》に襲《おそ》われたら体力皆無《かいむ》の医師団じゃひとたまりもないので、即刻《そっこく》琥璉城へ文《ふみ》を飛ばしてください。全商連で気づいたんですが、琥璉城にも鷹匠《たかじょう》がいました。あれは早文のためですね？」

「ああ。狼煙《のろし》と同様、戦時用での手段だ」

「では城の鷹をお貸しください。浪燕青に、即刻《そっこく》茶州との州境にくるよう要請します。彼は全然そう見えなくとも一応ちゃんとした文官ですし、それでいて武官以上の腕《うで》をもっています。今回の護衛にはうってつけです。私と浪州尹で虎林郡へ駆け、事態の打開に当たります」

秀麗の言葉を受けて、悠舜がついと顔を上げた。

「浪州尹の護衛を突破《とっぱ》できる者などおりません。また、その柔軟《じゅうなん》な思考と広範《こうはん》な視野は時に私をも凌《しの》ぎます。虎林郡太守も冷静で思慮《しりょ》深く、信頼《しんらい》に足る官吏です。すべてを尽《つ》くして紅州牧の補佐《ほさ》に当たりましょう。どうか信頼し、お任せください」

劉輝は眼差《まなざ》しを伏《ふ》せた。

浪燕青の腕はわかっている。けれど、秀麗の相手は、いま彼女が守ろうとしている『民』になるかもしれないのだ。危険性は変わらない。必要とあらば、秀麗はその首さえ差し出そう。

『私のせいだというその根拠《こんきょ》が明確になったなら、とるべき対処をとりましょう』

病の元凶《げんきょう》である秀麗を、生け贄に捧げなくては病は収束しないという流言。

もしその噂《うわさ》が真実だったなら、秀麗は──すでにその覚悟《かくご》をもしている気がして。

静蘭《せいらん》を遠ざけたのは、彼ではいざというとき、秀麗を生け贄にすることができないから。

……そう、思ってしまうのは、うがちすぎだろうか。

（いや）

──その可能性があるからこそ、無理矢理にでも片を付けようと思ったのに。

（余は……王、だ）

歯を食いしばる。渦巻《うずま》く想《おも》いを静かにのみこむ。

王の答えは、一つしかなかった。

「……わかった。軍は、出さぬ」

たったそれだけを告げるのに、どれだけの力を要したことか。

「行って、為《な》すべきことを、せよ。そなたらが、茶州の司牧だ」

「御意《ぎょい》」

秀麗は膝《ひざ》をつき、完璧《かんぺき》な跪《き》拝《はい》の礼をとった。

うつむいたその下の表情がどんなものであるか、劉輝からは見えない。

それが、王と官吏の距離《きょり》だった。

・❋・❋・

——三日後。

邵可《しょうか》は、府庫《ふこ》にふらふらとやってきた娘《むすめ》に気づくと、すぐに手を引いて椅子《いす》に座らせた。

「……終、わったわ父様……準備、完了《かんりょう》……」

パタリと卓子に突《つ》っ伏《ぷ》した秀麗に、さすがの邵可も今回ばかりは笑えなかった。

「……出立は明日の朝かい？」

「うん……」

それきり黙《だま》ってしまった娘を、邵可は抱《だ》き上げて膝にのせた。

くしゃくしゃに顔をゆがめて、秀麗は泣いていた。

邵可は秀麗を抱きしめて、子供のようにその背をゆっくりと撫《な》でた。

秀麗は声なく泣いた。必死で歯を食いしばって、父の首にかじりつく。

「わ、わ…たしのせいだったらど、うしよう」

「そんなことは絶対ない」

「ひ、一人にしちゃったら、ごめ…んね父様……」

「大丈夫《だいじょうぶ》、君は無事に帰ってくるよ」

「いつも、私、父様に、心配ばっ…かり」

「してるよ。いつでも心配してる。だから帰っておいで」

すべての緊張《きんちょう》がとけ、あふれるように心を吐露《とろ》する秀麗を抱きしめる。

「私だけじゃないよ。たくさんの人が、君を心配してる。帰っておいで」

府庫の周りで、そっと窺《うかが》うようないくつもの気配がする。

「行くなと言って行かないでくれるなら、いくらでも言うんだけれどね」

「だめ、もう啖呵《たんか》きっちゃったもん。それに……」

小さくしゃっくりを繰《く》り返しながら、秀麗は茶州を思った。

「燕青と……影月《えいげつ》くんが頑張《がんば》ってるの。待ってる人がいるの。行かなきゃ」

「こういうときくらい『行きたくない』って言っていいんだよ」

「だめ……それだけは絶対言えない……」

邵可は溜息《ためいき》をついた。この頑固《がんこ》さは妻譲《ゆず》りとしか思えない。

「……秀麗、一つだけ約束してくれるかい」

しゃくりあげる娘が、眠りやすいように髪《かみ》をほどいていく。

「一人でなんでもしようとしないこと。怒《おこ》ることも泣くことも、誰かのそばでするんだよ。そうしたらきっと、燕青くんが君を助けてくれる。静蘭だと二人して深刻になりそうだけど、彼ならどんなときも笑ってくれるだろう。それはとても難しくて、とても大事なことだよ」

「うん、知ってる……」

何もかも笑い飛ばせる燕青のような強さがあったら、今こうして、情けないくらい不安になったり自己嫌悪《けんお》に陥《おちい》ったり、弱音を吐《は》いてぼたぼた泣いたりしないのに。

たくさんの人が、虎林郡で亡《な》くなった。もし本当に――。

「君のせいじゃないよ」

邵可は、まるで心を読んだかのように、何度もそう囁《ささや》いた。

優《やさ》しい言葉に、秀麗はただ涙《なみだ》を流した。

泣けば泣くほど頭が混乱してきて、色々な言葉や人や声が頭の中を際限なくめぐる。思考が堂々《どうどう》巡《めぐ》りして、自分が何を言っているのかもわからないままに言葉がこぼれていく。慰《なぐさ》めてくれる父にすがりつき、いつしか――意識は白い闇《やみ》に沈《しず》んで、束《つか》の間の眠りに落ちていく。

「……ごめんね、父様、静蘭……」

最後に無意識のまま、そうこぼして。

心身ともに疲労《ひろう》の極致《きょくち》にありつづけ、いまようやく安心して赤子のように泣きながら眠った娘の背を、邵可はあやすように軽く叩《たた》いた。

頰《ほお》をぬらす涙の痕《あと》をぬぐってやると、いっそう赤く熱を帯びて痛々しい。

「旦那様《だんなさま》……」

「ああ、ありがとう、静蘭」

静蘭から毛布を受け取ると、器用に秀麗をくるみ込む。

「……今回は、君もつらいね、静蘭」

「いえ……」

静蘭は静かに目を閉じた。

「お嬢様《じょうさま》の打たれた手が、確かに最善ですから。燕青なら、任せられます。悔《くや》しいですが」

「おや、君だと深刻になるっていったのを気にしてるかい?」

「……別に……」

他《ほか》の相手ならさらりと流すが、静蘭も邵可にだけは嘘《うそ》がつけなかった。

「それもまた君の良さだよ。もし私が拾ったのが燕青くんで、うちの家人になってたら、多分今頃《いまごろ》とっくに邸《やしき》も何もかも売り払《はら》って、みんなで山で生活してたんじゃないかなぁ。燕青くんなら山でも私と秀麗を養ってくれそうだけど」

容易に想像できてしまい、静蘭は思わず吹《ふ》き出した。

「でしょうね。燕青なら猪《いのしし》でも熊《くま》でも生け捕《ど》って丸焼きにして塩ふってくれますよ、きっと」

「でもずっと一緒《いっしょ》にいて、私と秀麗を支えてくれたのは君だよ」

邵可は静蘭の手をとり、にっこりと微笑《ほほえ》んだ。

「私も秀麗も、君を愛してるよ。他の誰《だれ》とも替《か》えのきかない、大切な家族だ。他ならぬ君が、秀麗を『任せられる』とはっきり言うのは、きっと燕青くんだけだろうね。だからこそ、私も安心できるんだよ。君の心にもすんなり入れる、稀有《けう》なかただしね」

つないだ手が温かくて、静蘭は素直《すなお》に頷《うなず》いた。本人には死んでも言わないが、とっくに認めている。多分、あとにもさきにも、この自分よりいつだって一段上にいるむかつく男――。

「……燕青より強い男は、彼の師匠《ししょう》くらいしか知りません。大丈夫です、旦那様」

「君は、大丈夫かい？」

自分を心配してくれるその言葉が、静蘭には何より嬉《うれ》しい。

「はい。お嬢様を燕青に任せたままにはしませんよ。でも武官としてやるべきことをやらないと、お嬢様に顔向けできませんから」

疲《つか》れ切って、気絶するように眠《ねむ》っている秀麗を見つめる。

必死で『官吏』という現実と向き合い、すべての準備が完了する今日このときまで、決して泣かなかった。陰《かげ》で何を言われても真正面から罵《ば》倒《とう》されても。

泣いている暇《ひま》など、ない。刻々と喪《うしな》われていく命を思えば、自分のことなどでかかずらっている猶予《ゆうよ》などない。緊張の糸をいっときでも切らすわけにはいかない。

それでも、心と理性は別物なのだ。

すべての準備が終わったとわかったとき、秀麗はまっすぐに府庫に向かった。

あんなふうに混乱しながら泣く姿を、静蘭は本当に久しぶりに見た。

「……やっぱり、旦那様には敵《かな》いませんか……」

「ふふふ」

「……なんですか」

「いや、今の君の顔、小さい秀麗が起きて、近くにいた君を素通りしてまっすぐ妻に歩いて行ったときのガーンとした顔と同じだったから。変わってないなぁと思って」

静蘭はがくっと肩《かた》を落とした。

「……よ、よく覚えてますね……」

「覚えてるよ。私も近くにいたのに素通りされてガーンとしたから」

「あー……奥様には誰もかないませんから……」

静蘭は昔を思い出して珍《めずら》しく遠い目をした。

「静蘭、秀麗は一人でも頑張れるけど、一人で生きていけるわけじゃない」

邵可は娘の頰にかかった髪をそっと払った。

「君も、他の誰だってね。……私は、茶州に行ってやれない」

毎日、府庫にくる王を思う。

この三日、彼もまた、必死で精神の安定をとろうと葛藤《かっとう》していた。

このうえ、邵可まで消えてしまうわけにはいかない。

彼もまた、邵可にとっては大事な『子供』。

「そばにいてあげることができなくても、できることはある。頼《たの》んだよ」

今の静蘭には、その意味がわかっていた。

「はい」

家人としてではなく、武官として秀麗を助けることが、静蘭にはできる。

「必ず」

はっきりとした答えに、邵可は微笑んだ。

●❋●❋●

夜明け——黎深《れいしん》は府庫の仮眠《かみん》室で、昏々《こんこん》と眠る秀麗の髪をそろりと梳《す》いた。

「……黎深様」

後ろから養い子の声がかかっても、黎深は振《ふ》り向かなかった。

「帰ってきますよ。そうしたら、また蜜柑《みかん》を贈《おく》りましょう。とても喜んでいましたよ」

「同じものは芸がないから何か他のを考えろ。今度こそ玖琅《くろう》を出し抜《ぬ》けるようなやつを」

「…………ぜ、善処します……」

半蔀《はじとみ》から、濃《こ》い朝靄《あさもや》がすべりこんでくる。それを払うように黎深はパタリと扇《おうぎ》をあおいだ。

立ち去りもせず、それでいて、ぱた、ぱた、ぱたと妙《みょう》にやる気なくあおぐ黎深の少しうしろで、絳攸は歩みを止めた。

「……玖琅様から縁談《えんだん》のお話がきたんですけど」

ぱた、ぱた、とやはり扇がやる気のない音を立てる。

答えがなくとも、絳攸は構わなかった。

「俺は今のままで結構幸せです。紅家には伯邑《はくゆう》がいますし。……まあ、絶対ないとは言いませんが……俺も秀麗も、多分、まだまだ目の前のことで手一杯なんです」

黎深が李姓《りせい》をくれた理由もわかっている。特別に紅家当主になりたいとは思わない。絳攸が願うのは、ただ、拾ってくれた黎深のために在りたいということだけだ。紅家当主という座は――黎深がどう思おうと――絳攸の中ではそのための選択肢《せんたくし》の一つであることは確かだ。もし何かのきっかけと、状況《じょうきょう》が整えば、なることもあるかもしれない。

けれどそれは、今ではない、先の話だった。

秀麗のために結婚《けっこん》するというのはさらに傲慢《ごうまん》だ。自分自身で道を切り開いている秀麗は、絳攸が何かをしてやらねばならないような娘《むすめ》ではない。

涙の痕《あと》が残る秀麗の寝顔《ねがお》を見ながら、絳攸は微笑《びしょう》した。

手を引いてやらずとも、彼女はちゃんとうしろを追ってきている。

それだけで、絳攸は今のところ満足だった。

「たまに蜜柑を一緒に食べられれば充分《じゅうぶん》ですよ」

扇の音がやむ。

ちらりと、黎深が眼差《まなざ》しだけで絳攸を見る。

「お前の好きにすればいい」

黎深はただそれだけを言った。

「帰ってきますよ、黎深様」

「……国だのなんだの、まったく面倒《めんどう》なものを好きになったものだ」

黎深はぶつぶつと呟《つぶや》いた。

「他のものならいくらでも贈ってあげるのに……やることがないじゃないか」

「……まあ、いいんじゃないですか……」

黎深的『やることがない』で今の状況なのだから、ちょうどいいと絳攸は思う。

「でも、本当にあの蜜柑は嬉しそうに食べてましたよ」

「当然だ。秀麗のために改良研究させたんだからな」

こっそり玖琅の真似《まね》をして蜜柑を剝《む》き、四苦八苦して小さな秀麗に食べさせていた過去を思い出す。力加減がさっぱりわからず、なぜか妙につぶれてしまう蜜柑を、秀麗がにこっと笑って黎深の指ごとちゅぱっと食べたときのあの可愛《かわい》らしさといったらなかった。

ふふふふふと笑う養い親のあまりの不気味さに、絳攸は一歩退《ひ》いた。

すると急に黎深はチッと舌打ちした。

「――なのにお前は拾ったときすでにでかくて、ちっともかわいくなかった」

「ひ、拾ったのは黎深様じゃないですか！」

騒《さわ》いだせいか、秀麗がぴくりと身じろぎした。

途端《とたん》、黎深はカッと目を見開き――半蔀をガッと乗り越《こ》えて猛然《もうぜん》と逃《に》げていった。

（……なんであの人は……）

挨拶《あいさつ》するいちばん良い機会を、なぜにことごとく自分で放棄《ほうき》するのか。

とはいえ、一人残された絳攸もあたふたした。この場面で秀麗と対面するのは非常にまずいような気がした。

絳攸もまた、仮眠室を慌《あわ》てて飛び出して、遁走《とんそう》したのであった。

――寒さにぶるりと震《ふる》えて、秀麗はぽっかりと目を覚ました。

視界は薄暗《うすぐら》く、そしてうっすらと白くけぶっている。

「……？」

いまいち状況がよくわからずに、冷気が吹《ふ》き込んでくるところに無意識に目をやると、半蔀が開いていた。そこから、煙《けむり》のように濃い靄《もや》が忍《しの》び入る。

「……府庫…の、仮眠室……」

目とほっぺたが微《かす》かにひりひりすることで、ようやく思い出した。

秀麗は仰向《あおむ》けのままで、ゆっくりと目を閉じた。

深く深く深呼吸をする。

　ぐしゃぐしゃに混乱していた心は、落ち着いていた。

泣くだけ泣いて、言うだけ言って、甘えるだけ甘えて、眠《ねむ》るだけ眠った。

　心の中のものを全部吐《は》きだした。

「ふ……父様にかじりついてわーわー泣くなんてほんと久しぶり……」

　さんざん泣いたせいか、なんだかお腹《なか》もすいていた。

「……あーもう、どこまでも私って女の子らしさと縁がないわ……」

——もう、大丈夫《だいじょうぶ》。

秀麗は仮眠用の寝台《しんだい》から身を起こした。

今日が、出立の日だった。


　書庫のほうに出て、秀麗はぎょっとした。

　なぜか、府庫のあちこちで色々な人が眠り込んでいた。

　悠舜と柴凜《さいりん》はお互《たが》い支え合うようにして書棚《しょだな》に寄りかかって眠っていたし、全商連との交渉《こうしょう》及《およ》び、茶家当主印を捺《お》した文をあちこちに飛ばしてくれた克洵《こくじゅん》も卓子の一つに沈没《ちんぼつ》していた。

陶《とう》老師をはじめとする医師たちも連日の切開勉強に疲《つか》れ切って、床《ゆか》にごろごろと打ち上げられたマグロのごとく転がって、泥のように眠っている。

最後まで各部署で折衝《せっしょう》をしてくれた管尚書《かんしょうしょ》は酒瓶《さかびん》片手に椅子《いす》に仰《あおむ》向けで寝《ね》ていたし、欧陽侍《おうようじ》郎《ろう》も向かいの卓子に突《つ》っ伏《ぷ》して寝息を立てている。

「え、あそこにいるのって黄尚書と景侍郎と……魯《ろ》尚書まで」

さすがにその三人は行儀《ぎょうぎ》良く椅子に座り、うつむくようにして眠っている。

「……珀明と絳攸様と、向こうには藍《らん》将軍も……？」

絳攸がちょっと動いたような気がしたが、多分目の錯覚《さっかく》だろう。

今回の一件に直接関係のない人々までいることで、秀麗も何となく悟《さと》ってしまった。

なぜ、そろいもそろって全員府庫に転がっているのか。

（……も、もしかしなくても私、ものすごく心配かけちゃったのかしら……）

どう考えてもそれしか考えられない。が。

（？？？　と、父様しかいなかったわよね？）

かなり精神的に切羽《せっぱ》詰まっていたとはいえ、一応府庫に入るときに確かめたはずだが。

偶然《ぐうぜん》かとも考え――秀麗は頬《ほお》に手を当てた。

そして、お礼のかわりに一つ笑顔を残して、府庫を出た。

肌《はだ》を刺《さ》すような夜明けの冷気もさることながら、やはり靄がすごかった。

手を伸《の》ばせば、指の先がかすむほどに濃く煙《けむ》っている。

府庫の扉《とびら》を閉めて、まだ日の昇《のぼ》っていない昊《そら》を見上げたとき。

「……余は怒《おこ》っているのだ」

「ぎゃあっ」

すぐ隣《となり》で聞こえた声に、誰《だれ》もいないと思っていた秀麗は飛び上がった。

目をこらせば、扉の脇《わき》に靄にまぎれて劉輝が腕《うで》を組んで寄りかかっていた。

「え、ちょ、いたの⁉」

「いたら悪いのか。ここは余の城だ」

ぷいっとそっぽを向く。

(……相当ヤサグレてるわね……)

秀麗は劉輝に向き直ったが、劉輝はそっぽを向いたままだった。長い髪《かみ》が靄のせいでしっとりと濡《ぬ》れている。

「余は怒っている」

「なにを」

「この三日というもの、朝餉《あさげ》も夕餉も肉しか出てこない」

「ああ、お医者さんたちが片《かた》っ端《ぱし》からさばいたから……」

城の庖厨所《りょうりどころ》で葉医師の指示通り、医官たちは小刀片手に豚《ぶた》やら牛やら猪《いのしし》やらを次々とさばいた。が、当初はあまりのへたくそさに、料理長から出てけと叩《たた》き出され、それでも拝《おが》み倒《たお》して中に入れてもらい、葉医師ではなく料理長のしごきを受けて、たった一日二日で全員さばくのだけは玄人裸足《くろうとはだし》の腕前になったという。が、結果、あとには膨大《ぼうだい》な肉の山が残ったのであった。

しわ寄せは、当然のごとく城の人間がすべてかぶることになり、連日肉料理になった。

ちなみに医師軍団はそのあとも街の飯店に繰《く》り出し、徹夜《てつや》でさばきつづけたときく。

もはや医師と庖丁、《りょうりにん》どっちの腕を磨《みが》いているのかわからないとは医官の一人の言である。

「でもお魚もあったでしょ？　なんか、細かい切開の練習とかでおろしまくったって」

「どっちにせよ肉だ。余はこの三日、野菜が食べたかったのだ」

秀麗はこっちを向かない劉輝を見上げた。

「余は、怒っているのだ」

「…………」

「秀麗なんか嫌《きら》いだ」

初めて聞くその言葉に、秀麗は驚《おどろ》いた。

「秀麗なんか嫌いだ。肉ばっかり食べさせられる余のことなんかちっとも考えてくれないのだ」

「……劉輝」

「切ない男心を全然解さないから、秀麗は余以外、絶対嫁《よめ》のもらい手なんかないんだ」

「……そりゃ悪かったわね」

それでも、決して「行くな」とは言わない。

かわりに、初めて、劉輝の「嫌い」という言葉を聞いた。

……何があるかわからない。だから、約束はしないでおこうと思っていた。けれど。

「……帰ってきたら、あなたの好きな野菜料理を作ってあげるわよ」

ぴくりと、劉輝の肩口《かたぐち》が揺《ゆ》れた。ややあって、ポツリと呟《つぶや》く。

「……からい大根は入れないでくれ」

「安いんだけど……まあいいわ。高くても甘いの買ってあげる」

「二胡《にこ》も弾《ひ》いてくれ」

「はいはい」

「一緒《いっしょ》に散歩もしたい」

「時間があればね」

「嫁にきてくれ」

「だめ」

「……………………」

小さく舌打ちが聞こえた気がしたのは秀麗の気のせいだろう。劉輝が舌打ちなんてまさか。

「そろそろこっち向いてちょうだい」

「やだ」

「なんでよ」

「顔を見たらうっかり押し倒しそうな気がする」

「……………………」

「間違《まちが》った。顔を見たら手放せなくなりそうな気がする」

「今さらカッコ良さげに言い換《か》えても遅《おそ》いってのよ」

つい本音をこぼしてしまった劉輝は、ぽろりとすべった自分の口を呪《のろ》った。……大失敗だ。

「あなたに、嫌いって初めて言われたわね」

どんなことであれ、劉輝の口から「嫌い」という言葉を聞いたことはほとんどなかった。

その言葉ほど、彼の心を伝えてくるものはなかった。

約束を、残しておこうと思うほどに。

「……まあ、死にに行くわけじゃないし。なんとかしてくるわよ」

劉輝はゆっくりと振《ふ》り向いた。

濃《こ》い霧《きり》が、そろりそろりと漂《ただよ》う。

「帰ってこなかったら、余は一生ヤモリだぞ」

「……ヤモリ？」

「庶民《しょみん》の言葉で独身という意味だと霄太師に聞いた」

「やもめじゃないの。ヤモリになってどうすんのよ」

しかもやもめは独身ではなく、伴侶《はんりょ》を亡《な》くした夫や妻のことだ。

（……霄太師……また妙《みょう》な嘘《うそ》を……）

しかし一応秀麗は元妻なので、そう間違ってもいないのだろうか。

それでも、王が一生独身だなんて論外だ。……けれど、その言葉は口にしなかった。

「……野菜料理をつくってくれるといったな」

「ええ」

「……茶州の、おいしい野菜料理が食べたい」

向かい合っても、決して秀麗に触《ふ》れない。

秀麗は少し躊躇《ためら》ったのち、手を伸ばして氷のように冷たい劉輝の左手を握《にぎ》った。

握った劉輝の手が微《かす》かに震《ふる》えたかと思うと、手首を返されて逆に握られた。

何かに押しとどめられるように、秀麗の腕を引き寄せただけで止《や》める。

「わかったわ」

「……嫌いと言ったのは、嘘だ」

秀麗の指先に、劉輝の唇《くちびる》が押し当てられる。

「……待ってる」

かすれた声でそれだけ囁《ささや》くと、劉輝は踵《きびす》を返して靄《もや》のなかに姿を消した。

終章

それは、最期《さいご》の別れ。

別れたら、もう二度と会うことはできない、永久《とわ》の別れ。

『ね、影月《えいげつ》、私に命をくれて、ありがとう』

ほんの数年しかもたない命と聞いても、堂主《どうしゅ》様の笑顔《えがお》が変わることはなかった。

『どうして謝るんだい？』

命をつないでも、ほんの僅《わず》かの間。

しかも、いつ『そのとき』がくるかもわからない。

静かに眠《ねむ》りにつこうとしていた命を強引《ごういん》に留《とど》めて、そのくせ、余命は幾《いく》ばくもなく。

それはまるで、壊《こわ》れかけたカラクリ人形。

押しつけたのは、いつ訪《おとず》れるかわからない最期の時と背中合わせの日々。

あまりにも残酷《ざんこく》で自分勝手な我儘《わがまま》を、堂主様が責めることは一切《いっさい》なかった。

『どうして？　私は少しでも長く君と生きられて、こんなに嬉《うれ》しいことはないよ』

自らのためだけに犯《おか》した罪の重さに気づいて、泣きじゃくってただ謝ることしかできなかった自分に、堂主様は何度もそう告げた。

『いいんだよ。子供は甘えるのがお仕事なんだからね。君をひとりぼっちにしなくてすんだことのほうが、私にはよっぽど大事なことだよ』

堂主様と過ごしたすべての時を、影月は忘れない。

『私のことは気にしないで。後ろを振り向かずに、前へ進みなさい。……いつまでも、君を愛しているよ』

幸せだったよ、と、にっこり微笑《ほほえ》むその顔を、決して忘れない。

『陽月《ようげつ》にも、よろしくね。仲良くね』

ただ一つだけ自分の心を軽くしたのは、堂主様が逝《ゆ》けば、もう半分の魂《たましい》をもつ自分もその後を追うということ。

——そのときは、もうすぐくる。


「木通《あけび》、白茅根《はくぼうこん》、防已《ぼうい》、沢瀉《おもだか》、茵蔯蒿《いんちんこう》、淡竹葉《たんちくよう》、陳皮《ちんぴ》、茯苓《ぶくりょう》、大腹皮《だいふくひ》、猪苓《ちょれい》、車前子《しゃぜんし》で煎《せん》じ薬をつくってください。腹水がひどい人には木通と大腹皮、猪苓を多めに。体力がない人には菟《と》糸子《しし》に白砂糖を加えて粥《かゆ》を。粥もだめなかたには桑椹《そうじん》の薬酒を与《あた》えてください」

影月の指示に、病にかかっていない者や手の空いている医師がすぐさま従う。

影月が石榮村《せきえい》にきてから十日――当初はあからさまに場違いな少年に村人や医師も不信感を抱《いだ》いたりもしたが、黙々《もくもく》と治療《ちりょう》にかかる彼の手際《てぎわ》や適切な治療、何よりもはっきりと病の進行が遅くなっているのがわかるにつれて、一致《いっち》協力して治療に当たるようになった。

それでも、一日に必ず誰《だれ》かは亡くなってしまう。

影月は日の光を浴びるためにふらふらと外へ出たが、昊《そら》は曇《くも》っていた。

雪が、また降ってきていた。

「……おにいちゃん」

その声にふと顔を向けると、七、八歳ほどの女の子がボロボロと泣いていた。

「お母さん、助かる？　お父さん、土の下で眠っちゃったから、一人になっちゃう……」

影月は笑みを浮《う》かべ、女の子を抱きしめた。

「大丈夫《だいじょうぶ》。今に、絶対にお医者を連れた女の人がくるから。そうしたら、絶対に助かるよ」

「この、びょうきも、女の人のせいなんだよね？」

「違うよ」

影月は優しく女の子の背をなでた。

「違うよ。この病気は誰のせいでもない。ここにくる女の人は、絶対に助けてくれる」

しがみついて泣く少女を抱きしめながら、影月は榮山を厳しい眼差《まなざ》しで見上げた。

影月がきてから、山からおりてくる〝邪仙教《じゃせんきょう》〟の人間はぴたりといなくなったという。

影月が州牧であることを知っているのは、丙《へい》太守に遣《つか》わされてきた者たちだけなのに、まるでそのことを知り、警戒《けいかい》しているかのように。

息をひそめて、彼らは何を考える——？

山に連れて行かれたという人々も気がかりだったが、今は村に残っている病人の看病だけで精一杯《せいいっぱい》だった。

（『千夜《せんや》』さん……）

もし、その名をもつという『教祖』とやらと会えたなら、何かがつかめそうな気がするのに。少なくとも、茶朔洵《さくじゅん》と同一人物か否《いな》かで、状況《じょうきょう》は大きく変わる。

ふっと、視界の隅《すみ》に、降りはじめた雪と混じり合うような『白』が揺《ゆ》れる。

目をやると、それは白装束《しろしょうぞく》だった。山のとば口に、誰かがたたずんでいる。

一見して、村の者でも医師でもない。

（誰——）

目をこらし、その人物を確かめ——影月の顔色が変わった。

「……おにいちゃん……？」

「まさか……そんな」

膝《ひざ》が、震えた。

いるはずのない人が、そこにいる。

「嘘だ……」

雪にとけこむように、白い裾《すそ》がふわりとなびく。

けれど見間違《みまちが》えようもない。自分があの人を間違えるわけがない。

「堂、主様……っ⁉」

その声が聞こえたかのように、『彼』は微笑む。誘《さそ》うように楸山に踵《きびす》を返す。

影月は、少女をそっと放した。

「……ごめんね。みんなに、少し、出かけてくると伝えておいてくれるかな」

「おにいちゃん、どうしたの……お顔が、怖《こわ》いよ」

「ごめん」

それだけ言うと、影月は雪の中を男のあとを追って駆《か》けだした。

――そして、影月が戻《もど》ってくることは、ついになかった。


「浪州尹《ろうしゆういん》！　貴陽《きよう》から鷹文《たかふみ》がきました！　紅《こう》州牧からです！」

「鷹⁉　さすが姫《ひめ》さんカッコいいぜ！　寄こせぃ！」

琥璉《これん》城で寝《ね》ずにぼーっと仕事をしていた燕青《えんせい》は、ひったくるようにその文を奪《うば》った。

目を通し――次の瞬間《しゅんかん》、ミミズののたくったような字で料紙に何事か書き殴《なぐ》りはじめる。

「おい！　茗才《めいさい》に悠舜《ゆうしゅん》が州府に到着《とうちゃく》するまでの全権お前に預けるからよろしくっつっといて！　多分怒《おこ》るだろーけど、俺の代わりに怒られといて。あとでツケでおごる。それと州境まで今すぐ州軍派遣《はけん》して、悠舜を護衛して州府に全速で引っ張ってこいってな！　虎林郡《こりん》の丙《へい》のおじじにも連絡頼《たの》む。俺は今から姫さん迎《むか》えに行ってくる。そっから直接虎林郡に行って〝邪仙教〟殴ってつれてくっからそれまでよろしく、みてーな感じで。つーことをこれにいま全部書いたから茗才に渡《わた》しといて」

「って、読めませんよ⁉　何の古代文字ですすこれ‼」

「心配なし！　悠舜と茗才には判読可能だ！　俺的秘密文書に使うんだぜ、すげーだろ」

「嘘《うそ》つかないでくだ——ええっ⁉　ほんっとうにもう行くんですか⁉」

簡単な身支度《みじたく》を終えると棍《こん》を手にして窓から出て行こうとしている燕青に、武官は仰天《ぎょうてん》した。

「おう。冬で自給自足しづらいから、メシ代とかの請求書、城で受け取っといて」

「全部城にツケ《ツケ》る気ですか⁉　ていうかめちゃめちゃ元気になってるじゃないですか！　単に机案《つくえ》仕事から逃《に》げられるのが嬉しいんじゃないですか浪州尹《さ》ーっっ！」

「おお？　お前武官より文官に向いてるぜ。転職したら茶州府はいつでも受け入れるぞ！」

「何言ってんですか！　もともとぼくはあなたが武官だと思って武官募集《ぼしゅう》に応募したら間違ってて——じゃない、うわーひどい茗才さんになんて言えばいいんですか————っっ‼」

燕青はにやっと笑いつつも、低い声で命じた。

「茶州府全官吏《かんり》に、全員無事で帰ってくっからそれまで全力で保《も》たせろ、つっとけ」

武官は直立して踵《かかと》を打ち付けた。

「了解《りょうかい》であります！　絶対ですね。ぼく、まだ紅州牧にお花渡《わた》してないんです！」

「任せろ」

燕青は片頬で笑うと、風のように窓から消えたのだった。

●❋●❋●

「香鈴《こうりん》」

「止めないでくださいませ春姫《しゅんき》様！」

香鈴は泣きすぎて腫《は》れの引かない目を、きっと春姫に向けた。

「もうわたくし、殿方《とのがた》の自己満足な我儘には我慢《がまん》がなりません」

「まあ」

「勝手なことを言うだけ仰《おっしゃ》って！　なんですの、女をバカにしてますわ!!　あんなかたのおっしゃることなんか、金輪際《こんりんざい》きくつもりなんかございませんわ！」

人形のような白い頬をカッカと染めて、香鈴は旅支度を調《ととの》えた。

「では、決心は固いのですね？」

「追いかけるわけではございません！　ひっぱたきに参るんですわ！」

「そうですわね。殿方は叩《たた》かれない限り、ご自分の間違いに気づきませんものね」

春姫は自分と克洵《こくじゅん》のことを思い返し、そう頷《うなず》いた。

「わかりました。わたくしは克洵様から茶家を預かる身ゆえ、ここを離《はな》れるわけには参りませんが、あなたをお預かりした義務がございます。護衛をつけて、虎林郡まで送りましょう」

振《ふ》り仰いだ香鈴に、春姫は微笑《ほほえ》んだ。

「殿方を助けるのは、女の役目です。頑張《がんば》ってらっしゃいな、香鈴」

香鈴は、ぷいとそっぽを向いて、あくまで意地を張った。

「……頬を張りに参るんですわ……っ！」

●❋●❋●

「まったく、近々茶州に行こうとは思ってたが、まさかこんな形でいくことになろうとはな」

葉《よう》医師は朝靄《あさもや》のなかで酒を飲みながらカリカリとこめかみをかいた。

「一応これも王命、か。なんつーかもんのすごい久々な響《ひび》きだの……」

華娜《かだ》か、と呟《つぶや》いた葉医師に、背中合わせに酒を飲んでいた霄《しょう》太師がチラリと視線を向ける。

「末裔《すえ》に会ってみたかったたか？」

「会わんでも、あの医書を見りゃわかる。……ったく、ほんっとに人間ってやつは……」

あのしぶとさが、憎《にく》くて、時々愛《いと》しい。

立ちこめる靄を切り裂《さ》いて、朝日がのぼる。

「……華娜はほんっとにヘンな女でさー、人間だろうが動物だろうが妖《あやかし》だろーが、道端に落ちてるモンは片《かた》っ端《ぱし》から治しちまってさー……すっげぇ呆れ果てた」

「それでお前も道端に落ちてたら拾われたのか」

「そぉ。いいっつってんのに全っ然聞かなくてなー。弟子もとんねぇっつったのに」

華娜は死んだ。時の王の病を治しに出かけ、治療しようと刃物を出したら『王を殺そうとした』として、問答無用で捕まり、その場で処刑された。

……昔々の、話。

長く生きれば生きるほど、黄葉《こうよう》は人が憎いのか愛しいのかわからなくなる。

「ハズレ籤《くじ》ばっかで嫌になった瞬間、でかい当たり籤ひいたりするからタチ悪いよな……」

瞬《また》きのような人生なのに、時に鮮烈な刻印を自分たちに刻み、砂のように消えていく。

「……戴《いただ》く王のいない限り、政事《まつりごと》には関わらぬ——か」

気の遠くなるほど遥かなる昔の誓約《せいやく》を舌の上で転がすと、紫霄《ししょう》と目があった。

「……そーだよなー。よりによってお前と酒飲むくらいになっちまったんだもんな。そりゃ歳もくうよな。もーう昔の俺が聞いたらかなりありえないっつーの」

紫霄が口を挟《はさ》む前に、黄葉はとっとと立ち上がった。

「そんじゃ、まあ行ってくる」

ひらりと紫霄《ししょう》に手を振り、黄葉は秀麗たちが待つ場所へと向かった。

——その日、茶州へ向けて医師団が出立した。

あとがき

皆様《みなさま》、良い夏を過ごされましたか？　今年の夏もコタツが仕舞えなかった雪乃紗衣《ゆきのさい》です……。正確にはビシッと提示された今回の〆切《しめきり》に青くなり、某《ぼう》尚書の執務室《しつむ》のごとき我が家とコタツを見て見ぬふりをして遁走《とんそう》し、ひと月ほど山で武者修行《しゅぎょう》していたせいですが……。

その山ごもりのおかげで、な、何とか本編七冊目「藍」にこぎつけられました。が。……えー、またしても表紙に騙《だま》されたかたがいらっしゃるのではと……。絳攸《こうゆう》はともかくもう一人の人選は……（汗）。静蘭《せいらん》プッシュ担当様にまたまた敗れた作者ですが、まあ、活躍するかはともかく（←おい）、摩訶《まか》不思議な三人組で貴重なショットではありましょう（笑）。

影月《えいげつ》編、次で完結の予定です。今度は表紙に頭を悩《なや》ませることはありません。表紙のトリを飾《かざ》るのは勿論《もちろん》、『彼ら』になるでしょう。双《ふた》つの月の行く末を、見届けて下さればと思います。

本を出させて頂いてからようやく二年…支えて下さる皆様に心からの感謝を。担当様には山ごもり中、パソが壊《こわ》れたデータが消えた（！）メールができん！　などなど、……執筆《しっぴつ》とは全然関係ないところで本当にご迷惑《めいわく》をおかけしました……。また由羅先生への想《おも》いの丈《たけ》は増すばかり。今回表紙の秀麗《しゅうれい》、劉輝《りゅうき》でなくとも惚《ほ》れます。——それでは、次のご縁を祈《いの》りつつ……。

雪乃紗衣

「彩雲国物語　心は藍よりも深く」の感想をお寄せください。
おたよりのあて先
〒102-8078　東京都千代田区富士見2-13-3
角川書店アニメ・コミック事業部ビーンズ文庫編集部気付
「雪乃紗衣」先生・「由羅カイリ」先生
また、編集部へのご意見ご希望は、同じ住所で「ビーンズ文庫編集部」
までお寄せください。

彩雲国物語《さいうんこくものがたり》　心《こころ》は藍《あい》よりも深《ふか》く

雪乃紗衣《ゆきのさい》

角川ビーンズ文庫　BB46-8　13960

平成17年10月1日　初版発行
平成18年9月25日　11版発行

発行者――井上伸一郎
発行所――株式会社角川書店
東京都千代田区富士見2-13-3
電話／編集（03）3238-8506
営業（03）3238-8521
〒102-8177　振替00130-9-195208
印刷所――暁印刷　製本所――BBC
装幀者――micro fish

ISBN4-04-449908-X C0193 定価はカバーに明記してあります。